FUSION FANTASTIC STORY

고고33 장편소설

세무사

차현호

세무사 차현호 3

고고33 장편소설

초판 1쇄 찍은 날 § 2016년 2월 24일
초판 1쇄 펴낸 날 § 2016년 3월 2일

지은이 § 고고33
펴낸이 § 서경석

편집책임 § 이지연
편집 § 박가연

펴낸곳 § 도서출판 청어람
등록번호 § 제387-1999-000006호
등록일자 § 1999. 5. 31
어람번호 § 제1-2364호

주소 § 경기도 부천시 원미구 부일로 483번길 40 서경B/D 3F (우) 14640
전화 § 032-656-4452 팩스 § 032-656-4453
http://www.chungeoram.com
E-mail § chungeorambook@daum.net

ISBN 979-11-04-90659-6 04810
ISBN 979-11-04-90613-8 (세트)

FUSION FANTASTIC STORY

고고33 장편소설

세무사

차원효

3

목차

13장 문을 열다   7

14장 9조, 이 띠꺼운 녀석들   35

15장 각인   85

16장 추억   121

17장 월연(月緣)   139

18장 빙고 게임   177

19장 시나리오   227

20장 탈고   255

13장

문을 열다

현호의 부모님은 자신들이 낳은 아들의 행보에 연일 놀라움을 감추지 못하고 있었다.

검정고시를 허락했을 때만 해도, 1년 정도는 준비를 한 뒤에나 가능하겠다고 생각했었다.

평소 독서실을 오가는 것도 너무 조용해서 가끔은 여전히 학교에 다니는 듯한 착각이 들 때가 있을 만큼 부모에게 의지하지 않고 뭐든 혼자서 하는 아들이었다.

한데 어느 날 방에 가보니 대학 원서가 있는 게 아닌가.

그제야 아들이 검정고시에 합격했다는 사실을 알게 됐고, 왜 말을 안 했냐고 물으니까 또 그게 별거 아니란다.

이게 말이나 되는 건가.

어찌 됐든 내년부터 대학수학능력시험인가 뭔가로 바뀐다

고 하니 올해가 학력고사라는 이름의 마지막 시험일 것이다.

그러다 보니 내심 아들이 어떤 점수를 받을지 기대가 큰 게 사실이었다.

"현호야?"

현호의 아버지가 슬쩍 방문을 열고 들어가자 현호가 책을 덮었다.

"예, 아버지."

"공부하냐?"

"예."

아버지는 잠시 현호를 바라보다가 고개를 끄덕이며 말했다.

"…현호야, 나는 네가 다른 걸 해도 될 것 같은데."

"어떤 거요?"

"왜, 판검사나 의사도 있고……. 뭐, 경영자도 좋고."

"아버지가 언제는 세무 공무원 되라면서요?"

그거야 그때는 용을 몰라보고 한 소리였지.

"아니, 세무대학이라는 것이 생소하니까……. 한국대도 있고 고련대도 있는데 군이……."

"어디를 가든 열심히 하면 되죠."

"이 녀석이! 네 미래인데 그렇게 무책임하게 말하면 어떻게 해?"

"충분히 생각했어요. 전 여기예요."

몇 번을 물은들, 몇십 번을 대답한들 결정은 끝났다.

다른 길로 가서 처음부터 시행착오를 겪을 필요는 없다. 더 이상 고려할 필요도 없으며, 인생을 돌아갈 생각도 없었다.

직진이다.

"판검사나 의사가 되면 명성도 생길 테고, 회사를 운영하면 부를 얻을 테고. 안 그러냐?"

아버지가 재차 물었지만 현호는 고개를 가로저었다.

어차피 한길을 걷다보면 부와 명성은 자연스레 따라오게 될 것이다.

다만 현호는 그것들을 좀 더 쉽고, 빠르게 쟁취할 방법을 이미 알고 있을 뿐이다.

부와 명성은 인생에서의 부가적인 산물일 뿐, 인생의 방향을 결정할 요소는 아니었다.

"알겠다. 네 생각이 그렇다면 그게 맞는 거겠지."

현호는 이제 부모님에게 조언을 받을 단계가 아니었다.

일찍이 자식은 부모를 앞서간다.

그 순간 부모는 자식에게 바통을 넘겨줘야 한다. 그리고 언젠가 그 자식이 자신의 위치에 오게 되면 힘들게 들고 온 바통을 그대로 손자에게 넘겨줄 것이다.

"아버지."

"응?"

방문을 닫으려던 아버지는 멈칫했다.

"왜?"

"키워주셔서 감사합니다."

"뭐어?"

아버지는 뜬금없는 소리에 놀란 모습이지만 현호는 내내 가슴에 간직했던 진심이었다.

"그래, 나도 네가 잘 커줘서 고맙구나."

"예."

방문이 닫히자 현호의 눈동자에는 아버지의 미소 대신에 책상 위에 있는 달력이 비쳤다.

12월.

시험이 코앞에 다가왔다.

＊　　　　＊　　　　＊

88학년도 이후의 학력고사는 선(先)지원 후(後)시험 제도였다.

당해 9월 이후, 시도 교육위원회 별로 체력장이 실시됐으며, 학력고사 시험일 한 달 전, 원서 접수가 진행됐다.

시험일 당일에 수험자들은 4교시에 걸쳐 인문, 자연, 공통, 예체능에 따라 나뉜 과목을 시험 봤다.

시험 점수 320점, 체력장 점수 20점.

도합 340점 만점으로 학력고사가 이뤄졌다.

당연하게도 이날의 시험이 미래를 결정하는 만큼, 학생들에게 컨디션 조절은 매우 중요한 일이었다.

2016년에야 칸디산이라든지, 발샷이라든지의 자양 강장 음료가 널렸지만 지금은 그저 일찍 자고 아침 잘 챙겨 먹는 게 전부였다.

1점으로 수만 등수가 차이 나는 만큼 학생들은 필사적일 수밖에 없었다.

부모들은 불공과 기도를 드리는 데 있어 주저하지 않았으며, '엿'은 그때나 지금이나 변함없이 훌륭한 부적이었다.

현호는 이전 삶에서는 대학수학능력시험 세대였지만 이번에는 고등학교 대신에 검정고시를 택했기에 시기가 일찍 찾아왔다.

물론 이는 현호가 바라고 계획한 일이었다.

1992년 12월 22일, 학력고사 당일, 경기도 수원.

학력고사는 지원한 대학에서 시험을 봐야 했기에 현호는 전날에 홀로 수원으로 내려왔다.

낡고 칙칙한 여관방에서의 하룻밤이었지만 설사 장소가 호텔이라 하더라도 그렇게 편하지는 않았을 것이다.

제아무리 한번 거쳐 본 삶일지라도 긴장되지 않는다고 하면 거짓말이었다.

과연 이번에는 몇 점을 받을 수 있을까.

본고사 전, 미리 보는 체력장은 무난히 20점 만점을 받았지만, 사실 체력장 점수는 큰 의미가 없었다.

체력장은 응시자의 90퍼센트 이상이 20점 만점이기 때문이다.

이는 난이도의 문제가 아니라 체력장이라는 제도 자체가 형식적이었고, 각 학교별로 치르다 보니 공정성과 객관성이 결여될 수밖에 없었다.

그러니 진정한 승부처는 오늘 시험이었다.

이른 시간, 여관을 나선 현호는 걸음을 서둘렀다. 아침을 먹고 여유 있게 시험장에 가려면 부지런히 움직여야 했다.

그런데 뒤에서 낯선 인기척이 느껴졌다.

"응?"

자연스럽게 고개를 돌린 현호는 그 정체를 알아보고는 눈을 찌푸렸다.

"니들 뭐야?"

그곳에 서 있는 이들은 태권도와 쭉정이였다.

"야, 친구가 큰일 치르는데 당연히 함께해야지."

오랜만에 보는 반가운 얼굴들이었다. 현호는 녀석들의 목을 덥석 끌어안았다.

"자식들."

셋은 인근의 백반집으로 자리를 옮겼다.

현호는 컨디션을 위해서 가볍게 배를 채웠고, 태권도와 쭉정이는 이른 아침에도 불구하고 한껏 배를 채웠다.

"야, 모르는 건 그냥 찍어."

"자식아, 현호가 너냐?"

태권도와 쭉정이가 서로 누가 먼저랄 것 없이 현호에게 훈수를 뒀다.

'훗.'

그래도 친구라고 여기까지 와준 녀석들이 고마웠다.

부모님에게도 오지 말아달라고 신신당부를 했건만, 이 녀석들이 찾아올 줄은 전혀 생각도 하지 못했었다.

'이런 친구가 있었던가.'

그리 길게 떠올리지 않아도 이전 삶에는 이런 친구가 없었다.

굳이 따지자면 권은혁이 있었지만, 그마저도 현호의 바쁜 일상 탓에 소원해진 관계였다.

"이제 가라."

식당을 나와 헤어질 때였다.

"야, 같이 가자!"

녀석들은 한사코 함께 시험장까지 같이 가자고 우겼다.

현호는 그 마음이 고맙기는 했지만 가는 동안 혼자서 생각을 정리하고 싶었다.

공부를 더 하겠다거나, 시험을 앞두고 긴장한 마음을 달래겠다는 뜻이 아니었다.

그저 혼자서 시험장의 정문을 통과하고 싶었다. 이전 삶에서도 그랬듯이.

"그럼 버스 정류장까지만 가자."

태권도의 제안에 마지못해 그렇게 하기로 했다.

버스 정류장에 가까워지자 곳곳에 수험생으로 보이는 이들이 보였다. 그 모습에 태권도와 쭉정이는 처음과 달리 낯선 침묵을 보였다.

"야……. 나는 시험도 안 치는데 왜 이렇게 떨리냐."

차가운 입김을 공중에 흩뿌리며 쭉정이가 속삭였다.

녀석들은 고등학교 1학년.

그러니 2년 뒤에 이 녀석들도 오늘을 맞이하게 될 것이다.

"자식들아, 그러니까 공부 열심히 해라. 나중에 후회한다."

태권도와 쭉정이가 어떤 길을 가게 될지는 알 수 없었다. 현호가 그들에게 방향을 제시해 준 적도 없었다.

그저 후회할 행동은 하지 말라고 가끔 언질을 줬을 뿐이다.

애들이랑 몰려다니며 주먹 쓰지 말고, 헛된 공명심에 나쁜 짓은 하지 말라고만 했다.

사실 현호로 인해서 중학교 생활은 떵떵거리며 보냈던 두 사람이었다.

그게 걱정이 돼 한두 마디 해뒀던 것이다.

"현호야."

"응?"

쭉정이가 목소리를 가라앉히고 물었다.

"너, 대학 가서도 우리 잊지 마라."

그 말에 태권도가 끼어들었다.

"그래, 너 대학생 됐다고 우리 막 허접하게 보면 안 돼."

"설마 차현호가 그럴라나? 암, 차현호가 누군데. 우리 불알친구인데."

아니, 무슨 신체 중요 부위까지.

"자식들."

현호는 피식 웃었다. 친구들의 응원과 열기 때문인지 추위가 느껴지질 않았다.

함께 횡단보도에 나란히 서서 신호를 기다리는 이 순간이 너무도 든든했다.

"가자."

신호등이 바뀌자 쭉정이가 촐랑대며 발을 내디뎠다. 그때였다.

"상식아!"

신호가 바뀌었음에도 검은 차량이 굉장한 속도로 달려왔다. 현호는 재빨리 쭉정이의 어깨를 붙잡아서 잡아당겼다.

반작용의 법칙.

작용과 반작용은 동시에 일어난다.

현호가 쭉정이를 잡아당기자, 자연스레 현호의 몸이 횡단보도로 밀렸다. 그것은 마치 위기 상황에 빨려 들어가는 기분이었다.

콰쾅!

제일 먼저 보인 것은 하늘이었다. 그다음은 차들, 그다음은 횡단보도의 칠이 벗겨진 하얀 선들, 그다음으로 느껴진 것은 충격이었다.

차는 현호를 쳤고, 그의 몸은 범퍼와 보닛, 앞 유리를 거쳐 횡단보도에서 으스러졌다.

"현호야!"

대형 사고였다.

현호를 친 차는 그대로 달아났다. 누구도 제지할 수 없었다.

"현호야? 현호야!"

태권도가 현호에게 달려갔다. 하지만 감히 그 몸에 손을 댈 수가 없었다.

피에 얼룩지고 찢긴 현호의 모습에 손만 바르르 떨었다.

"으으⋯⋯."

그때 현호가 숨을 토했다.

"괘, 괜찮아?"

현호는 눈을 깜빡였다.

'살아⋯ 있는 건가.'

차에 치인 순간, 마지막이라고 생각했었다.

회귀 후 지금까지의 일들이 정신없이 스쳐 갔다. 너무도 짧았고, 너무도 만족스러웠던 시간들.

현호가 눈을 번쩍 떴다.

태권도의 새파랗게 질린 얼굴이 제일 먼저 들어왔다.

'3단계.'

차에 치이는 순간, 현호는 2단계와 3단계를 발휘했다.

능력은 제대로 발휘됐고, 세상이 멈춘 그 순간에 차에 부딪치는 몸의 면적을 최소화할 수 있었다.

차는 제일 먼저 현호의 무릎을 쳤고, 현호는 그 순간에 등을 돌렸다.

가방이 보닛에 닿았고, 등과 목, 손으로 감싼 머리가 앞 유리를 스쳤다. 횡단보도에 충돌했을 때도 다행히 가방이 먼저였다.

"차… 차는……."

"도, 도망쳤어! 너 괜찮은 거야?"

태권도의 목소리에 현호는 어금니를 물었다. 쭉정이는 자신 때문에 사고가 났다고 생각했는지 발을 동동 구르고 있었다.

자식, 싸움질할 때는 악바리 같으면서.

"나 좀… 일으켜줘."

주위에 몰려든 사람들이 웅성거렸다.

누군가는 구급차를 불러오라고 난리였고, 누군가는 경찰에 신고하라고 난리였다.

'하…….'

현호는 정신을 차려야 했다.

숨을 몰아쉬고 통증을 삼키려 노력했다. 여기저기서 안 쑤시는 곳이 없었다.

특히 무릎이 제대로 어긋난 느낌이었다.

보행자 충돌 시 차량이 급브레이크를 밟았다면 보행자의 무릎 아래 종아리가 충돌 각이다.

하지만 현호를 친 차는 무릎을 직격했다. 그리고 도주했다.

그것이 뜻하는 바는 하나다.

"비키세요!"

때마침 싸이카를 탄 기동 경찰이 사고를 목격하고 현장에 도착했다.

사람들이 우르르 뒤로 물러나자 태권도의 도움으로 상체를 일으킨 현호가 보였다.

"괘, 괜찮습니까?"

현호의 처참한 모습을 본 기동 경찰은 추위에 갈라진 입술을 넋 놓고 핥다가, 정신을 차리고 무전기를 붙잡았다.

"교통사고 환자 발생. 긴급 후송해야 합니다. 장소는……."

그때 현호가 친구들의 부축을 받고 움직였다.

"움직이면 안 됩니다!"

기동 경찰이 손을 뻗었다. 순간 현호가 눈을 부릅뜨고 그를 노려봤다.

"시험장에 가야 합니다."

"뭐라고? 지금 병원을 가야……."

"당장!"

현호의 외침. 충혈된 눈에서는 눈물까지 그렁그렁 맺혔다.

올해가 아니면 내년도 있다.

하지만 지금 당장은 아무 생각도 들지 않았다. 오로지 시험, 오로지 오늘, 그것밖에는.

"하, 하지만 시험장까지 어떻게……."

머뭇거리는 기동 경찰. 그때 군중 사이에서 누군가 나섰다.

"내 차로 갑시다!"

머리가 하얀 남자가 나섰다.

그의 차종은 1톤 트럭. 흔히 용달차라고 불리는 차였다.

'그래, 저거라면.'

차 뒤의 짐칸에 누워서 갈 수 있다.

하지만 기동 경찰은 망설이고 있었다. 현호의 상태는 지금 당장 병원행이어야 옳다.

아니, 병원에 간다고 시험을 칠 수 있긴 할까.

"그럼 병원에서 시험을……."

"안 돼요!"

현호는 이번에도 강하게 고개를 가로저었다.

"윽!"

두통이 머리를 짓누른다.

지금 순간 현호는 책상이 아니면 그 어디에서도 시험에 집중하지 못할 것 같았다.

"경찰 아저씨!"

태권도와 쭉정이가 간절한 목소리로 외쳤다. 사람들의 시선도 기동 경찰에게 쏠렸다.

마침내 기동 경찰이 눈을 부릅떴다.

당장 조치할 방법은 없다. 그저 이 열정 가득한 학생을 위해서 숭고한 경찰의 의무를 다하겠다는 자세다.

"오, 옮깁시다."

현호는 태권도와 쭉정이의 도움으로 곧장 용달차에 올라탔다. 짐칸에 누운 현호의 몸에 태권도와 쭉정이가 겉옷을 벗어 덮어

주었다. 그 순간이었다.

"여기요!"

지켜보던 사람들이 너도나도 겉옷을 벗어서 건넸다. 지금 순간 모두가 한마음이었다.

"출발합시다!"

태권도와 쭉정이, 현호를 태운 용달차가 시험장으로 달려갔다. 신호 따위는 필요 없었다. 기동 경찰이 곁에 붙었다.

위이이이!

싸이카가 튀어 나갔다. 경찰은 무전기를 손에 쥐었다.

오늘은 학력고사가 있는 날이다.

수원시 각 구의 시험 장소 주변 및 교통 혼잡 지역에 순찰차와 싸이카 300여 대가 집중배치돼 있다.

그 말은 기동대가 지금 같은 위기 상황에 대처할 준비를 하고 있다는 얘기였다.

경찰은 당장 인근의 또 다른 기동 경찰에게 상황을 설명했다.

현장에 도착하는 즉시 환자의 응급처치가 가능하게끔 세무대학교에 구급차를 준비시켜 달라는 얘기를 전했다.

위이이이!

싸이카가 엄청난 스피드로 차량들 사이를 지나쳤다.

이미 경찰은 학생의 각오와 열정에 감화된 상태였다. 자신이 가진 운전 능력을 가득 끌어모아 쏟아붓는다.

질주하는 용달차, 싸이카의 신호음.

시민들의 시선을 빼앗을 수밖에 없는 장면이었다.

＊　　　＊　　　＊

"선배, 이런 걸 또 찍어야 해요?"

mbs 기자 윤아리.

"이 자식 보게. 이거 연례행사야, 저 학생들이 나중에 대한민국을 움직일 인재들인데, 지난 12년을 개고생해 가지고 마침내 오늘이 결실을 맺을 날이야. 그럼 당연히 우리가 찍어줘야지! 안 그려?"

mbs 기자 최복규는 윤아리의 헛소리를 대충 흘려 버리고 촬영 스태프와 동선을 맞추는 데 열중했다.

세무대학교 앞은 이미 학부모들과 수험생들의 후배들로 장사진이었다.

커피를 타주는 학원 선생님들도 있었으며, 꽹과리를 치거나 목청껏 응원을 하는 이들, 심지어 기도를 해주러 나온 목사도 있었다.

해마다 보는 진풍경이지만 왜인지 매번 이 순간에는 가슴이 울컥한다.

"아니, 제 말은 그냥 대학교 한 군데만 찍거나, 작년에 찍은 것도 있는데 굳이 이렇게 고생하면서 찍을 필요가 있냐는……."

"아따, 이 자식. 이제 수습에서 벗어났다, 이거지? 꾀만 늘어가지고, 그동안 오냐오냐해 줬더니. 인마! 이런 날에 대박 사건이 터지는 거야."

이제 갓 수습을 뗀 윤아리였다. 그런 주제에 이런 헛소리를 할 수 있는 이유는 그녀의 아버지가 mbs 보도국 국장이기 때문이었다.

또한 그 사실을 은연중에 알고 있는 최복규였다.

"대박 사건은 무슨."

윤아리가 계속해 불만을 중얼거리든 말든 이제 생방송 시작이다.

"오케이, 준비됐어."

최복규가 윤아리의 손에 마이크를 쥐여줬다.

그녀가 카메라 앞에 서자, 최복규가 귀에 걸린 이어 마이크에 집중했다.

—예. 그럼. 바로 현장 상황을 확인해 보실까요?

뉴스 룸의 아나운서 목소리가 들린다.

"스탠바이, 큐."

최복규의 사인이 떨어지자 윤아리가 미소를 그리며 한 걸음을 내디뎠다.

"예, 현장입니다. 지금 이곳의 열기는 무척 뜨겁습니다. 시청자 여러분도 아시다시피 오늘은 1993학년도 대학 입학 학력고사가 치러집니다. 지난 6년, 학생들은 땀을 흘려 여기까지 왔습니다. 그리고 오늘, 학생들은 자신이 할 수 있는 모든 열정을 쏟아부으려고 합니다."

카메라는 교문에 붙은 엿을 담았다.

엿처럼 찰싹 붙으라고 학부모들이 자녀들의 합격을 기원해 붙인 것이다.

"선배를 응원하는 후배들의 열기 또한 뜨겁습니다. 누구를 응원하러 오셨나요?"

불만을 쏟던 모습과는 달리 윤아리는 차분하게 인터뷰를 이어갔다.

"동아리 선배 응원하러 왔습니다. 복순 선배, 화이팅!!"

남학생들의 우렁찬 소리에 학교 앞이 들썩인다.

마지막으로 수원 각지에서 일어난 오늘의 사건 사고를 간략하게 얘기하면 현장 인터뷰는 끝이다.

장안구에서 버스가 고장 나 그 안의 수험생들이 경찰에 의해 긴급하게 시험장으로 이동했다.

팔달구에서는 학생이 몸이 안 좋아서 구급차에 탑승해 시험장에 도착했다.

"권선구에서는 큰 문제없이……."

그때였다.

위이이이!

구급차가 교문에 들어섰다. 그 굉장한 소리에 일순 모두의 시선이 쏠렸다.

"무, 무슨 일이야?"

최복규가 고개를 두리번거렸다. 그때 멀리서 하얀색 용달차가 학교로 질주해 오고 있었다. 그리고 그 곁에는 싸이카 여러 대가 붙어 있었다.

"저, 저거 찍어!"

최복규가 먹잇감을 포착했다. 눈 부릅뜬 그 시선에 용달차 뒤에 탄 학생들의 모습이 보였다.

"피, 보이지?"

용달차에 탄 학생들의 몸 이곳저곳에 피가 묻어 있었다.

베테랑 촬영 스태프도 이미 눈치채고 길이 남을 이 순간을 카메라에 확실히 담고 있었다.

"지, 지금 학생들이……."

멈춰 선 용달차에서 운전자가 뛰어내렸다. 그는 곧장 짐칸의 고정쇠를 풀었다.

덜컹덜컹 소리에 이어 옷가지들에 덮인 채로 쓰러져 있는 학생의 모습이 카메라에 비쳤다.

'세상에…….'

전국 생방으로 방송되는 장면이다. 그 모습을 본 윤아리는 차마 말을 이을 수가 없었다.

저 상태로 무슨 시험을 본다고.

구급차에서 내린 구급대원들이 용달차 위로 뛰어 올라가 학생에게 달라붙었다.

"학생, 이거 몇 개야?"

구급대원이 현호의 앞에서 손가락을 흔들어댔다. 그 순간 현호는 구급대원의 손을 붙잡았다.

"시간 없으니까… 붕대나 빨리 감아줘요."

"뭐?"

"어서……!"

머리가 지끈거린다. 더 이상 악을 지를 힘도 없었다.

현호의 몸은 피 칠갑이 된 상태.

그 때문에 좀 전까지 시끌벅적하던 세무대학교 앞은 쥐 죽은 듯이 조용해졌다.

"무슨 일이 있었던 거죠? 지금 학생의 상태가 어떤가요?"

기자 하나가 기동 경찰을 붙잡았다.

"교통사고가 났었고, 현재 학생은 정밀 검사가 필요하지만 의식은 분명한 상황입니다. 물론 피를 너무 많이 흘려서……."

기동 경찰도 지금 상황을 딱히 설명할 수가 없었다.

"시험은, 시험은 가능한 겁니까?"

기자는 바싹 다가와 물었다.

"그거야……."

그가 말을 흐리자 그녀는 현호와 함께 타고 있었던 태권도와 쭉정이에게 달려갔다. 기동 경찰이 말릴 틈도 없었다.

"학생, 무슨 일이 있었죠?"

마침 현호의 머리에 붕대 테이핑이 끝났다. 친구들의 부축을 받고 용달차에서 내려온 순간.

'윽.'

비틀거렸다.

하지만 어떻게든 시험을 보겠다는 강한 의지로 발을 내밀자, 갑자기 환호성이 터졌다.

우오오오!!

사람들이 이 열정 어린 고등학생의 모습에 감명을 받은 것이다.

여기자는 계속 현호에게 따라붙었다. 경찰이 저리 가라고 했지만 멈추지 않았다.

태권도와 쭉정이가 현호를 부축해 정문으로 향했다.

"학생, 학생!"

성질 같아서는 발로 걷어차 버리고 싶을 만큼 거머리 같은 여자였지만 현호는 지금 발을 내딛는 것도 힘에 부친 상태였다.

정문을 넘어서기 직전, 기자와 태권도의 시선이 부딪쳤다.

"지금 심경이……."

"꺼져."

*　　　　*　　　　*

감독관들은 한데 모여서 한 학생에 대한 얘기를 했다. 이는 상식적으로 말이 안 되는 것이다.

다친 학생은 매 교시가 끝날 때마다 붕대를 새로 감았다.

다행히 피는 멈췄지만, 그 학생은 제정신이 아니었다.

그저 쉬는 시간마다 눈을 감고 있을 뿐이었다.

그 미묘한 열기에 그 학생이 있는 교실만은 쉬는 시간에도 내내 침묵이었다.

경찰들과 구급대원이 운동장에서 이 학생을 위해 대기하고 있었다.

모두가 알고 있었다. 시험이 끝나는 순간 이 학생은 쓰러질 것이라고.

한데 4교시 시험에서는 학생이 묘한 행동을 했다.

시험지를 한번 쭉 훑더니 눈을 감았다. 그러다 시험 종료 10분 전에 갑자기 눈을 뜨더니 펜을 쥐고 답을 적기 시작하는 것이다.

이게 말이 되는 건가.

급기야 감독관들은 저 학생이 이제 시험을 포기했나 생각했다.

그리고 마지막 과목이 끝나자,

"하, 학생!"

맥없이 쓰러진 현호는 곧바로 병원으로 실려 갔고 정밀 검사가 이어졌다.

다행히 두피가 꽤 크게 찢어진 것 외에는 머리에 큰 문제는 없었다. 다만, 지난번 제주도에서 다친 부위와 인접해 좀 더 경과는 지켜봐야 했다.

무릎은 예상대로 골절이었다. 그나마 다행이라면 이미 성장이 끝난 상태였고, 골절 부위도 깨끗하게 갈라졌다. 후유증은 없을 것 같았다.

하나 문제는 오히려 다른 부위였다.

"양손이 골절입니다."

의사는 기가 막혔다. 왼손 엄지와 검지가 골절이고, 오른손 손목은 금이 갔다.

"대체 어떻게 시험을 봤죠?"

의사의 질문에 현호의 부모님은 꿀 먹은 벙어리가 됐다. 자신들이 물어봐야 할 것을 오히려 의사가 물었기 때문이다.

한편 현호가 나온 방송 장면은 이날 저녁 9시 뉴스에서도 메인을 장식했다.

점수야 어떻든 간에, 그 열정은 가히 경악을 금치 못할 만한 것이었기 때문이다.

거기다 무릎과 양손 골절임에도 시험을 봤으니 '진기명기'였다.

현호가 퇴원을 할 무렵에는 기자들이 병원 앞에 진을 쳤다.

어떻게든 인터뷰 하나 따겠다는 것이다.

"괜찮다. 시험이야 나중에 또 치를 수 있는 거지."

부모님은 현호가 시험을 제대로 치르지 못했을 거라고 여겼다.

그건 현호도 같은 생각이었다.

시험을 본 그때의 순간들이 기억나지 않는다.

1교시 시험은 어떻게든 풀었는데, 2교시부터는 아무것도 기억이 나지 않는다.

심지어 아픔도 느끼지 못했다. 그저 허공을 붕붕 떠다니는 기분이었다.

'하… 젠장.'

무의미하게 일 년이란 시간을 또 보내야 한단 말인가.

'그냥 대학에 가지 말고 나중에 세무사 시험이나 볼까.'

나이 제한만 넘기면 고졸도 세무사 시험을 볼 수 있다.

그것도 나쁘지는 않을 것이다.

다만, 이번에는 세무사라는 을의 입장이 아닌 세무 공무원이라는 갑의 입장에 한번 서보고 싶었다.

세무대학을 가면 그 길이 좀 더 수월했을 것이다.

며칠 후, 현호 가족은 병원의 배려로 구급차에 몸을 싣고 기자들을 피해 병원을 벗어날 수 있었다.

*   *   *

1992년 12월 26일.

[大入(대입)학력고사 내일 成績(성적) 발표]

현호의 아버지는 신문을 바라보며 옅은 신음과 함께 고개를 끄덕였다.

점수야 어쨌든, 자신의 아들은 최선을 다했다.

그날 이후, 연일 방송에 그 장면이 나올 만큼 장한 아들이었다.

주변 사람들은 대단한 아들을 뒀다며 그를 부러워했다.

물론 아직까지도 기자들이 인터뷰를 청했지만, 현호는 집에서 칩거할 뿐 그 어떤 인터뷰도 응하지 않았다.

그리고 이제 내일이면 점수가 발표된다.

'그래도… 녀석이 실망하겠네.'

좋은 점수를 기대할 수는 없을 것이다. 그 몸으로 시험장에 들어가 시험을 치르고 나온 것만으로도 용하다.

"뭐, 내년도 있겠다, 이제 겨우 열일곱인데."

대수롭지 않은 일이다.

올해 농사가 죽 쒔으면, 내년 농사에 좋은 거름이 될 것이다.

"현호야, 자니?"

현호의 아버지는 아들의 방문을 슬쩍 열어봤다. 현호는 침대에 누워 있었다.

온몸에 붕대를 감고 있는 모습이 안쓰럽다.

"자나 보네."

조용히 방문을 닫고 사라지는 아버지의 인기척을 느낀 현호는 천천히 눈을 떴다.

이제 내일이면 결과가 발표된다.

큰 기대는 하지 않고 있었다. 그저 한 가지 생각밖에는.

언론의 시선 때문인지 경찰은 현호의 교통사고를 신속히 조사했지만 끝내 가해 차량은 찾아낼 수 없었다.

문제는 차량의 운전자였다.

차에 부딪쳤던 순간, 현호의 능력이 발동됐다.

2단계에서 주변의 모든 사물이 머리에 각인되고, 3단계에서는 인간이 포착하기 힘든 특정한 상황이 부각된다.

그래서 차에 부딪친 순간, 현호의 눈에 운전자의 얼굴이 들어왔다.

장갑을 꼈고, 모자와 마스크를 쓰고 있었다.

그 말은 작정하고 현호를 쳤다는 얘기였다.

현호는 몇 번이나 기억 속으로 들어가 교통사고 현장의 한가운데를 거닐었다.

생생한 그날의 상황, 그 속에서 차에 탄 남자를 살폈다.

보고 또 보고, 또 봤다.

하지만 그의 정체를 유추할 수가 없었다.

아니, 딱 한 명……. 그 한 명이 맞을지도 모른다는 생각이 들었다.

'대체 왜…….'

왜, 그 사람이 왜.

물론 확신할 수는 없었다. 틀릴 수도 있다.

분명한 것은 지켜보면 알게 될 일이라는 것이다.

"후……."

한숨과 부석거리는 소리를 뒤로하고 침대에서 몸을 일으켰다. 벽에 등을 기대고 텅 빈 어둠을 바라봤다.

사고에 대한 생각을 뒤로하고 앞일을 떠올려 봤다.

'이제부터 모든 게 달라지겠지.'

성인의 삶을 살게 되는 것이다. 더 이상은 제약을 받아들일 필요도, 이유도 없었다.

18살에 대학을 들어가면 20살에 사회에 나온다.

이제 뭘 하면서 어떻게 살아갈 수 있을까.

'고……. 그냥 고.'

현호는 속삭이듯 입을 열었다.

"고."

남자의 인생은 한 방향이다. 그리고 가면 된다.

그뿐이다.

다음 날, 새벽 6시.

현호의 집 거실에 놓인 전화기가 요란하게 울어댔다.

"누구야, 새벽부터."

현호의 어머니는 집안 식구들을 깨우고 있는 전화기를 원망하며 침대에서 몸을 일으켰다.

한 발 한 발 성큼성큼 내디디며 거실을 울리는 발자국 소리에 현호도 눈을 떴다.

"누구시라고요?

—mbs 기자 최복규입니다.

"그런데 왜 이 새벽부터."

―기쁜 소식을 빨리 알려드리려고요."

"그게 대체 무슨."

―차현호 학생, 이번 학력고사 만점입니다.

"예?"

잠시 침묵이 이어졌다.

―어머니?

"지금, 장난 전화……."

―하하하! 어머니, 믿지 못하시겠지만, 저도 못 믿겠습니다. 차현호 학생, 만점입니다. 당장 밖에 나가셔서 조간신문 확인해 보십시오.

딸칵.

전화를 끊은 어머니는 겨울임에도 카디건 하나를 움켜쥐고 서둘러 밖으로 나갔다.

전화기 소리에 침대에서 일어난 현호는 뭔가 싶어서 거실로 나왔다가 어머니의 뒤꽁무니만 봐야 했다.

하지만 어머니는 나간 지 몇 분도 안 돼 서둘러 돌아왔다.

"어머니?"

새하얗게 질린 어머니의 얼굴에 현호가 걱정이 돼 곁으로 다가갔다.

"무슨 일이에요?"

"바, 밖에……."

그 말에 현호는 밖으로 나갔다. 그리고 그는 장관을 목격했다. 수많은 기자가 그의 집 앞에서 기다리고 있었다.

"어? 차현호다!"

번쩍이는 플래시 세례.

93년도 대학 입학 학력고사 만점자 차현호, 이제 막 세상에 나갈 준비를 끝냈다.

14장

9조, 이 띠꺼운 녀석들

1993년 5월.

"1학년들, 모의 세무조사 준비는 잘하고 있나?"

"예."

늘 그렇듯 대답들은 잘한다.

주덕환 교수는 1학년의 첫 학기가 끝나갈 즘에 어김없이 모의 세무조사를 실시한다.

모의 세무조사는 종합소득세, 법인세, 부가가치세, 상속세 및 증여세, 양도소득세의 5개 항목의 사례를 두고 조사를 한다.

물론 각 항목에 들어가 있는 여러 사례는 주덕환 교수가 직접 가상으로 설정해 놓은 모의 사례다.

예를 들어 A조가 양도소득세 항목의 여러 사례 중에서 최 모 씨 부동산 거래를 선택했다면, 주덕환 교수는 자신이 설정한 최

모 씨의 기본 데이터와 양도세 신고서를 A조에 나눠준다.

이후 A조는 최 모 씨를 찾아가 현장을 확인하거나, 아니면 주덕환 교수가 건네준 양도세 신고서만을 가지고 발표를 진행한다.

여기서 최 모 씨라는 인물은 실제로 존재하지만 그 거래 내역이나 거래 과정 등은 가상의 사례로서 미리 주덕환 교수가 설정한 내용이다.

자료들 역시도 그 가상의 사례를 예로 들어 만들어진 자료로서, 한마디로 잘 설정된 게임이라고도 볼 수 있었다.

다만 해마다 치르는 연례행사와 같았기에 사실 그리 어려운 과제는 아니었다.

선배들의 얘기로는 발표할 때 주덕환 교수가 건네준 신고서만 잘 풀이해도 B 학점 이상은 받는다고 했다.

다만, A 학점을 받기 위해서는 꼭 한 가지 기준을 지켜야 한다.

바로 주덕환 교수의 별명인 '쓰리 포인트'다.

이는 주 교수가 나눠주는 신고서에 항시 3가지 오류가 있어 붙어진 별명이다.

간단히 말해 상속세 사례의 부동산 평가액이 살짝 다르게 표시돼 있거나 하는 것이다. 이를 놓치게 되면 최종 세금에서 차이가 있게 되니 당연히 찾아내야 한다.

"과대."

주 교수는 강당의 학생들을 살피던 중에 과대를 불렀다.

"예."

과대 조혁수가 벌떡 일어났다. 주 교수의 안경 너머 시선이 찌푸려져 있었다.

"차현호, 어디 있나?"

주 교수의 질문에 조혁수는 곧바로 얼굴을 찌푸렸다.

'이 자식을 진짜.'

조혁수가 지난 석 달간 차현호를 지켜보면서 한 가지 확신한 것은, 녀석이 쓰레기라는 것이다. 그것도 생양아치 새끼다.

"잘… 모르겠는데요."

과대의 말에 주 교수가 혀를 끌끌 찼다. 주 교수의 흰 수염이 꿈틀거린다.

"과대가 학생들 단속도 제대로 못 하나?"

대학생은 성인이다. 그 말인즉, 자기들이 알아서 해야 한다는 것이다.

하지만 주 교수는 차현호의 일에 대해서는 유독 과대에게 잔소리를 하고는 했다.

그것에는 차현호가 이들보다 나이가 어리다는 점도 있었지만, 분명 학력고사 만점자라는 특혜가 끼어 있었다.

"죄송합니다. 바로 확인해 보겠습니다."

"차현호는 조 정했어?"

"아직……."

"쯧쯧, 다른 애들은?"

"몇 사람 빼고는 다 정했습니다."

"차현호는 인원 부족한 조에다가 집어넣고, 모든 조가 구성되면 명단을 제출하게. 그리고 차현호한테는 한 번 더 수업 빠지면 모의 세무조사 참석 여부를 떠나서 이번 학기는 F라고 전하게."

"예!"

이번에는 조혁수의 대답이 유독 컸다. 미운 놈에게 F를 준다는데 싫을 리가 있나. 그래서 이 얘기는 전달하지 않을 생각이다.

"그럼, 점심 맛있게들 먹게나."

주 교수가 강의실을 빠져나가자 학생들이 책을 챙겨 들며 웅성이기 시작했다.

국민학교, 중학교, 고등학교.

장장 12년에 걸친 속박에서 벗어난 자유의 영혼들이었다.

물론 그 웅성거림 속에는 차현호라는 인물에 대한 얘기도 어김없이 섞여 있었다.

"와, 주 교수님 너무 한다. 저렇게 편애를 하냐."

좀 전에 주 교수가 차현호를 혼내기는 했지만 그 실상은 관심의 표현이라는 걸 다들 잘 알고 있었다.

"그러니까 말이야. 아마 다른 애들 이름은 알지도 못할걸."

제 할 일 바쁜 교수에게 자신의 이름 하나 각인시키는 것이 쉽지 않은 학생들이었다.

다만 차현호는 예외다.

강의 첫날부터 수업에 들어오는 교수들마다 꺼낸 첫마디가 '차현호가 누구냐'였다.

"근데 뭐, 어쩔 수 없지. 잘난 놈이잖아."

상대가 바라보기도 힘들 만큼 높은 곳에 있다면 질투와 시기조차도 엄두를 내지 못하는 법이다.

학생들의 일부는 현호에게 그런 감정을 가지고 있었다.

특히 그 일부에는 여자들이 절대 다수를 차지하고 있었다.

"이 어린놈의 새끼를 어떻게 하나. 천재면 뭐해? 만날 싸돌아다니고……."

조혁수는 텁텁한 입속을 씻어내려 캔 음료를 한 모금 마시고 눈을 찌푸렸다.

'이 새끼를 정말 어떻게 조진담.'

차현호, 그 녀석이 누구란 말인가.

이곳 국립세무대학에서 차현호를 모르는 이는 없을 것이다.

녀석은 학력고사 만점자다.

말이 만점이지 그 처절한 상태로 시험장에 들어가던 모습이 전국에 생방송됐던 녀석이다.

'양손이 골절이었다고? 미친, 소설을 써라.'

처음부터 마음에 안 들었다.

그 외모에 덩치까지 있어서 2살이나 어린 나이도 여자애들에게는 문제가 되질 않았고, 오히려 날이 갈수록 녀석에 대한 관심이 높아지고 있었다.

"그럼 차현호는 어느 조에 넣을 거야?"

장라희가 차현호의 행방을 물었다. 그녀는 6조의 조장이었으며, 조혁수가 몰래 흠모하고 있는 여자였다.

그런데 그녀가 내심 차현호를 자신의 조에 넣고 싶어 하는 눈치였다.

물론 조혁수는 그걸 가만히 지켜볼 이가 아니었다.

"그렇지 않아도 생각해 둔 조가 있어."

조혁수는 피식 웃으며 대답했다. 그러자 장라희가 아쉬운 듯 눈주름을 기울였다.

"누구? 2조? 걔네, 한 명 모자란다고는 했는데."

그녀가 고개를 갸우뚱하며 물었지만 조혁수는 피식 웃으며 뒤를 돌아봤다.

'띠꺼운 놈이 몇 놈 있지.'

현재까지 조가 정해지지 않은 이들은 차현호를 포함해 딱 3명이다.

한 명은 복학생인데 학생들이 은근 따돌림을 해서 겉돌았고, 다른 한 명은 여자애인데 얼굴도 별로인 게 성격이 깐깐해서 애들하고 어울리지 못했다.

"남은 애들 있잖아."

그제야 장라희가 고개를 돌리며 강의실 맨 뒤에 있는 여학생을 바라봤다.

"혹시 황주혜하고 복학생 오빠?"

온갖 치장을 한 장라희와 달리, 황주혜는 긴 머리에 안경을 쓰고, 청바지에 낡은 셔츠를 입고 있었다. 한마디로 촌스럽다.

"황주혜가 하겠대?"

장라희는 황주혜에게서 시선을 떼고 물었다.

"지가 안 하면 뭐? 아무도 재랑 안 하고 있잖아. 그리고 황주혜는 어차피 차현호랑 동갑이잖아."

조혁수의 말대로 황주혜는 차현호랑 동갑이다.

그 애도 검정고시 후 학력고사를 봐서 이곳 국립세무대에 들어왔다.

한마디로 올해는 천재들의 대란이라고도 볼 수 있었다.

"야, 오늘 차현호 본 사람 없어?"

조혁수가 학생들을 돌아보며 물었지만 누구 하나 답해주는 이가 없다.

그 모습에 쓴입을 다신 조혁수는 맨 뒷자리에서 가방을 챙기고 있는 황주혜를 불렀다.

"황주혜."

"예."

딱딱한 대답이다.

"너 차현호랑 한 조다. 너하고 복학생 형도 한 조니까, 그 둘한테 전해. 알았어?"

"예."

황주혜는 조금 불만스러운 표정이었다.

하지만 어쩌겠는가. 인간관계는 그녀 스스로가 만든 것이거늘.

찌푸린 얼굴로 자리에서 일어난 황주혜가 가방을 챙겨 나가자 남은 이들이 조혁수 곁에 모여들며 그녀를 두고 한마디씩을 거들었다.

"참 내, 쟤는 어쩌려고 그러냐. 성격도 안 좋아, 얼굴도 별로야."

"야, 말도 마. 쟤랑 같은 중학교 출신 애가 내 교회 동생인데, 그나마 지금 엄청 살 뺀 거래. 예전에는 저 얼굴에 살도 뒤룩뒤룩 쪘다더라."

"진짜?"

"그래. 괴롭힘도 많이 당했나 봐. 그래서 검정고시 본 거겠지."

*   *   *

"꺄, 오빠!"

"오빠, 사랑해요!"

"오빠!!"

이곳은 광란의 콘서트 현장이었다.

중고등 여학생들의 자지러진 소리 사이로 현호도 있었다.

—난 알아…….

무대에는 서태우와 친구들이 있었다.

정신없이 뛰어다니며 춤을 추고 노래를 하는 그들을 보며 현호도 신나게 점프를 하며 노래를 따라 불렀다.

물론 여자애들 사이에서 남자는 그밖에 없었기에 단연 눈에 띌 수밖에 없었다.

처음에는 호기심과 경계의 시선으로 그를 대했던 여학생들은 어느샌가 함께 제자리 뛰기를 반복하며 좋아하는 가수의 이름을 외쳤다.

"여러분, 함께해요!"

서태우와 친구들의 멤버 양군이 마이크를 잡고 외쳤다. 재작년에 제주도에서 그를 본 기억이 있는 현호는 목청껏 '예!'라고 외쳤다.

만약 그때 J 소리꾼 한성훈의 제안을 받아들였다면 현호도 저 자리에 있었을지도 모르는 일이다.

작년인 1992년에 데뷔한 서태우와 친구들은 대한민국에 센세이션을 일으켰다고 볼 수 있었다.

이는 문화적 충격이기도 했다.

현호가 대중가요에 관심이 있는 편은 아니었지만, 서태우와 친구들을 모른다는 건 그 시대를 살았다면 말이 안 되는 일이었다.

이렇게 역사의 순간에서 그들과 함께 호흡할 수 있다는 것도 회귀했기 때문에 가능한 행운이었다.

광란의 콘서트가 끝나고 우르르 빠져나가는 학생들 사이로 현호도 걸음을 재촉했다.

"다음에는 누구 콘서트를 가볼까."

요즘 현호는 틈만 나면 서울을 돌아다니고 있었다. 그 때문에 학교가 수원에 있었지만 걸핏하면 수업을 빠지고는 했다.

어차피 대학에 들어갔겠다, 목표도 달성했으니 최고의 성적을 받고 졸업한다는 거창한 계획은 없었다.

책은 머리에 담고, 이해는 잘 때 하면 된다.

설렁설렁해도 이놈의 머리는 이미 정상인의 범주를 벗어난 상태였다.

그러니 이제는 즐길 때였다.

결벽증 환자처럼 매 순간 최고가 아니면 안 된다는 집착은 버린 지 오래.

모두가 그렇듯 삶에 있어 늘 간과하는 것은 지금의 순간이 지나가면 다시 오지 않는다는 점이다.

"저기, 오빠."

버스 정류장으로 향하는데 한 무리의 여학생이 현호에게 달려왔다.

"어, 왜?"

현호는 그들을 내려다보며 미소를 보였다.

"오빠 주소 알려주시면 안 돼요?"

"주소? 이메일?"

"이메일이요? 그게 뭐예요?"

"아, 아니야. 근데 무슨 주소?"

현호가 손을 내젓고 다시 묻자 여학생들이 서로 수군거리더니 해맑게 웃으며 말했다.

"우리 펜팔 해요."

"펜팔?"

오랜만에 듣는 단어였다.

1993년인 지금이야 학생들 사이에 유행이기는 해도, 훗날 펜팔은 소수 사람들의 전유물일 뿐이다.

"미안한데 난 그런 거 안 해. 갈게."

현호는 마침 도착한 버스에 올라탔다. 여학생들이 아쉬운 시선으로 그를 스쳐봤지만 현호는 미소를 한 번 건네주고는 토큰 하나를 꺼내 요금함에 넣었다.

훗날 교통카드의 등장과 함께 사라지는 토큰이 요금함 속으로 또르르 굴러 들어간다.

삐빅, 삐빅.

"응?"

허리춤에서 들린 소리에 현호는 의자에 앉으면서 고개를 숙였다.

삐삐가 울리고 있었다.

'뭐야?'

고개를 갸우뚱하며 번호를 보니 기숙사 번호였다.

수원에 내려온 현호는 곧바로 공중전화 부스에 들어갔다. 동전 몇 개를 집어넣고 번호를 누르자 잠시 뒤에 기숙사 사감 조교의 목소리가 들렸다.

"여보세요? 저 현호인데요."

—현호, 너 어디야?

"저 이제 기숙사 들어가려고요."

세무대학은 전원이 기숙사 생활을 한다.

심지어 학비와 식비까지 모든 것이 무료다. 그 때문에 일부러 세무대학을 택한 머리 좋은 친구가 많았다.

"근데 왜요?"

—네 친구 왔단 말이다.

"친구요?"

—진숙이라는데?

*　　　　*　　　　*

현호는 기숙사 사감 조교의 눈을 피해 조용히 입구를 지나는 중이었다.

무사히 넘어갔다고 생각하는 찰나.

"푸하하! 내가 널 놓칠 줄 알았나?"

조교가 팔짱을 낀 채로 계단 옆에서 모습을 드러냈다.

그러자 현호는 그를 보며 뒷머리를 긁적였다.

"에이, 형."

"너, 인마, 한 학기 동안 통금 시간을 3번 넘기면 어떻게 되는지 알지?"

학비와 기타 제반 비용이 무료인 만큼 일정 부분에서는 엄격한 규율이 있다. 교칙을 어기면 기숙사를 쫓겨날 수도 있었다.

"아니, 그거야 규칙을 어겼을 때 얘기고요."

현호가 짐짓 모른 척 천장을 바라보며 얘기하자 조교가 픽 웃으며 검지를 휙휙 저었다.

"안 돼. 이번에는 봐줄 수가 없어."

"아, 근데 올 때 보니까 누가 통닭을 놓고 간 것 같아서 가져왔지 뭐예요."

지금은 9시. 저녁밥이 소화돼 출출해질 때라는 얘기다.

가방을 열어 그 안에서 캔 맥주와 통닭을 꺼냈다.

구수한 냄새가 흐르자 조교의 입술이 침으로 반들거린다.

"그 통닭, 당연히 내가 놓고 왔지. 근데 통닭 가져온 사람이 누구였지?"

조교는 통닭과 맥주를 건네받더니 현호가 눈앞에 없는 것처럼 행동했다. 현호는 씨익 웃으며 서둘러 계단을 올라갔다.

"진숙인가 하는 애, 너 기다리다가 좀 전에 갔다. 너도 이렇게 피하지만 말고 그냥 오지 말라고 그래."

잠시 걸음을 멈춘 현호는 조교가 등을 보이고서야 다시 계단을 밟았다.

주머니에서 열쇠를 꺼내던 중, 문득 고개를 드니 기숙사 방문 앞에 포스트잇이 붙어 있었다.

차현호 모의 세무조사 9조 편성됨. 9조 조원 : 차현호, 황주혜, 방호식. 궁금한 것은 과대에게 물어볼 것.

기숙사 방문을 열고 들어간 현호는 침대에 걸터앉아 가방에서 맥주 한 캔을 꺼냈다.

기숙사는 2인실이지만 현호는 혼자서 쓴다.

이는 특혜였고, 특전이었다.

사실 현호가 학력고사 만점을 받자, 성적이 발표되고 나서 한국대와 고련대에서도 연락이 왔다.

그들은 현호에게 나이가 어리니 올해 대학을 가지 말고 내년에 자신들에게 오라고 했었다.

어차피 학력고사가 대학수학능력시험으로 바뀌면 제도가 확 개편이 되니, 내년에 시험을 다시 치르고 최소한의 점수만 유지하면 어떤 과에 지원하든 4년 전액 장학금과 유학까지 보장해 준다고 했었다.

왜 세무냐며.

의대도 있고, 법대도 있다며 다양한 길을 심사숙고해 보라는 것이다.

이는 굉장히 이례적인 제안이었다.

그들은 현호의 가능성을 봤다.

고등학교 연합고사 만점, 불과 1년 만에 검정고시 합격 및 대입학력고사 만점.

이 세 가지가 세상 사람들에게는 특별한 의미였다.

상황이 이쯤 되자 세무대학도 가만히 있을 수는 없었다.

학장은 현호에게 전화 통화를 통해 처음의 꿈을 잊지 말라며 격려까지 했다.

그렇지만 학교 자체가 이미 학비와 기숙사비가 무료이니 현호에게 뭔가를 제안할 것은 없었다. 그래서 현호는 기숙사 방을 혼자 쓰게 해달라고 제안했었다.

그게 전부였다.

다른 대학의 제안은 애초에 고려하지 않았다.

이미 세무사의 길을 걷기로 결정했으니 다른 길을 갈 필요는 없었다.

특별한 기억력을 가졌다고 의술을 펼칠 수도 없거니와, 법전을 외운다고 그때그때 써먹을 수도 없는 것이다.

또 그걸 이해한다고 해서 1년의 시간을 쏟을 이유가 없었다.

현호의 능력은 그저 초월적인 기억력, 그뿐이었다. 그리고 생각 외로 이 능력은 써먹을 곳이 별로 없었다.

치익.

현호는 맥주 캔을 딴 뒤 입에 물고 포스트잇을 바라봤다.

차현호 모의 세무조사 9조 편성됨. 9조 조원 : 차현호, 황주혜, 방호식. 궁금한 것은 과대에게 물어볼 것.

내용을 보자마자 한눈에 알 것 같았다.

'과대가 띠껍게 생각한 것들만 모아놨구만.'

과대 조혁수는 유독 현호를 싫어했다.

그도 그럴 것이 현호는 과대의 말을 거의 한 귀로 흘리고는 했다.

과대는 자신보다 밑이라 생각되는 학생들을 눈에 띄게 무시하고는 했는데, 현호는 그런 점이 못마땅했다.

그러다 보니 한번은 현호가 사용처를 알 수 없는 학생회비를 낼 수 없다고 하자, 과대가 성질을 내며 책상을 걷어찬 적이 있었다.

하지만 그뿐이었다.

현호가 그 행동에 겁낼 리도 없었고, 과대 역시도 주먹질로 현호를 이긴들 스스로가 창피한 일임을 잘 알고 있었다.

그 뒤로 과대는 행동을 보이는 대신에 욕이나 불만을 토했다.

현호도 그 정도는 이해해 주었다.

나이 많은 놈이니 대접받고 싶어 하는 게 인지상정이다.

게다가 여기는 학교.

남들에게 잘 보이고 싶은 생각은 없지만 완연한 아웃사이더로 남고 싶은 엉뚱한 고집은 없었다.

단지 한 가지, 결론은 분명하게 내렸다.

날 싫어하는 놈들을 싫어하라고 해라. 나는 나 좋다는 사람만 만나고 챙기겠다.

이게 현호가 내린 인간관계의 결론이었다.

똑똑.

문을 두드리는 소리에 현호는 서둘러 맥주를 내려놓았다. 가끔 당직 교수가 순찰하고는 했다.

"누구세요?"

대답이 없자 맥주를 침대 아래에 밀어 넣고 일어났다.

"누구?"

문을 여니 그곳에는 황주혜가 서 있었다.

"너……."

현호는 주근깨투성이인 황주혜의 얼굴을 보자마자 서둘러 주변을 살폈다.

기숙사는 남녀가 엄격히 분리돼 있다.

물론 그 같은 규칙이야 피 끓는 청춘에게 통할 리는 없지만, 대놓고 들어오는 것과 몰래 오는 것은 분명 차이가 있었다.

현호는 서둘러 황주혜의 팔을 붙잡아 방 안으로 들였다.

"너 미쳤어?"

현호의 질책에도 황주혜는 표정 하나 바꾸지 않고 말했다.

"네가 하도 잘난 척하느라 돌아다니기에, 이 시간이 아니면 볼 수 없을 것 같아서."

황주혜는 할 말은 하는 타입이다.

또 현호와 동갑이다.

사실 현호는 그녀에게 관심을 가지고 있었다. 이성적인 관심이 아닌 호기심이었다.

그녀는 자신과 동갑에다가 검정고시도 보고 학력고사도 봤다.

그리고 여기 국립세무대학에 같이 들어왔다.

그 말이 뜻하는 바는 하나.

'황주혜야말로 천재지.'

현호는 이미 한 번 거쳐 본 수험생 생활과 특별한 기억력으로 학력고사를 무난히 넘겼지만, 그녀는 아니다.

설마 하니 그녀도 회귀를 했겠는가.

"그래서? 그것 때문에 이 밤에 나를 찾아왔다고?"

현호가 픽 웃으며 침대 밑에 둔 맥주를 꺼내 들었다.

한 모금 마시고는 가방을 뒤적여 맥주 하나를 꺼내 황주혜에게 내밀었다.

"됐어."

퉁명스럽게 거절한 그녀는 맞은편 빈 침대, 물론 책들이 너저분하게 놓인 침대로 다가갔다.

그러고는 앉을까 말까 생각하는 것 같더니 결국 앉지 않고 말했다.

"나 이번에 A 받아야 해."

그녀는 말했다.

"야, 어차피 우리 졸업하면 8급 공무원이야. 뭘 그렇게 학점에 목숨 걸어?"

"난 재무부 갈 거거든."

쉽게 말해 황주혜는 상위 1퍼센트에 뽑히고 싶다는 얘기였다.

실제로 훗날 세무대학 출신들이 국세 행정 전반에 걸쳐서 활약을 한다. 그러니 재무부에서 시작한다는 것은 엘리트 코스를 밟겠다는 뜻과도 같았다.

현호는 눈을 찌푸렸다.

'역시 황주혜구만.'

황주혜는 모르겠지만 현호는 그녀를 기억하고 있었다.

그의 기억 속에 황주혜는 훗날 재무 장관에 오른다.

분명히, 똑똑히 기억하고 있다.

최연소, 더구나 여성으로서 재무 장관에 오르는 인물이다.

더 놀라운 것은 그 무대가 한국이 아니라는 얘기다. 오죽하면 그녀를 위한 다큐멘터리도 제작됐을 정도였다.

'정확히 23년 뒤에 말이지.'

그녀 나이는 현재 18살.

현호가 죽은 41살에 그녀는 재무 장관이 된다.

그 천재가 지금 현호에게 A 학점을 받아 재무부에 가야 된다고 선언하고 있었다.

"그래서? 나보고 어떻게 하라고?"

현호는 그가 죽기 며칠 전에 본 신문 속의 그녀를 떠올리며 물었다. 그 신문 속 사진과 비교할 수 없는 젊고 어린 그녀가 현호를 노려봤다. 굉장히 싫은 사람을 보는 듯한 시선이다.

"말을 해. 쳐다만 보고 있지 말고."

"내일 수업 빠지지 말고 학교에 있어. 방호식 오빠한테도 얘기했으니까 내일은 학교에 있어."

"에이… 그냥 네가 알아서 해라. 어차피 너도 주 교수님이 숨겨놓은 쓰리 포인트 정도는 찾아낼 수 있잖아?"

틀린 말이 아니다. 그녀는 천재다. 또 충분히 공부했을 것이다.

세무에서 중요한 것은 자료와 사실 판단.

자료를 보는 건 누구나 다 할 줄 안다.

수업 내용만 봤을 때 황주혜와 현호 중, 누가 더 나은지를 굳이 따질 필요는 없었다.

문제는 사실 판단, 즉 세무 공무원들이 자료를 보고 이게 사실인지 아닌지를 판단하는 행위다.

물론 이 부분에서 현호에게는 다른 학생들과 달리 충분한 경험이 있었다.

수업은 이미 다 아는 내용이고, 이전 삶에서의 15년 실무 경험으로 세법의 일부 허점, 세무사와 공무원들의 생리까지도 알고 있다.

그것만은 천재인 황주혜가 가질 수 없는 것이지만, 이번 모의 세무조사는 그저 배운 대로만 하면 된다.

"너, 선배들이 벼르고 있는 거 알아?"

현호의 말에 기분이 나빠졌는지 황주혜가 그를 삐딱하게 노려보며 말했다.

"그래?"

덕분에 그녀의 굵은 안경알에 그의 얼굴이 비쳤다.

현호는 맥주를 후루룩 마시고 캔을 찌그러뜨려 쓰레기통에 버리고 자리에서 일어났다.

황주혜의 키가 165센티미터. 자신보다 큰 현호가 내려다보자 그녀의 목울대가 바르르 떨린다.

"그러든지 말든지. 네가 뭘 그런 걸 신경 써?"

"행동 똑바로 하고 다니라고."

황주혜는 미간을 찌푸리고 현호를 나무라고 있었다.

"훗."

현호는 피식 웃었다.

요 어린 아가씨에게 행동거지에 대한 지적을 들으니 피식 웃음이 새 나온다.

하지만 기분이 나쁜 건 아니었다.

황주혜의 말투가 너무 딱딱해서 오히려 화도 나지 않는다. 특유의 비아냥거리는 목소리가 아니라 그냥 직언 같은 말투였다.

현호가 잠시 그녀를 바라보는 그때였다.

그녀의 뒷머리에 묶인 고무줄이 툭 끊어졌다.

"어?"

황주혜가 머뭇거리자 현호는 자신의 두 팔을 들어 그녀의 어깨 너머로 넘겼다.

그러고는 흐트러진 그녀의 머리카락을 붙잡았다.

길게 늘어진 머리카락을 가지런히 모아 그녀의 머리 위로 올렸다.

"이렇게 하니까 더 예쁘네. 잠깐만 붙잡고 있어. 고무줄 찾아 줄게."

"나, 나 그만 갈게."

고무줄을 찾는 현호를 뒤로하고, 황주혜는 서둘러 문고리를 붙잡았다.

그녀는 내일 학교에 있으라고 한 번 더 말한 뒤 방을 빠져 나갔다.

*　　　　*　　　　*

다음 날, 결국 현호는 학교에서 보이지 않았다. 또 수업을 재 낀 것이다.

식당에서 여자들과 희희낙락거리며 아침밥을 먹는 모습을 봤는데, 어느새 사라져 버렸다.

"휴……."

방호식은 주 교수가 나눠준 신고서를 보며 한숨을 내쉬었다.

타 조에서 이미 쉬운 사례 건들은 다 가져가 버려서 9조가 손에 쥘 것은 하나 남은 상속세 항목의 사례밖에 없었다.

"상속 원인… 사망. 상속세 과세가액 11억 6천9백……. 과세표준 2백10만 원, 세율 10퍼센트……."

방호식은 주 교수가 나눠준 상속세 과세과액 계산 명세서를 눈으로 대충 훑어 내려가는 중에 한숨을 내쉬었다.

'에휴……'

애들에게 따돌림을 당하는 거야 그럭저럭 참겠는데, 등 뒤에서 비꼬는 건 참기가 어려웠다.

복학생이라는 타이틀.

보통은 복학생은 끼리끼리 노는 편이다.

설령 그렇지 않다 하더라도 남들과 어울리지 못할 정도로 푸대접을 받을 건 아니다.

하지만 방호식은 유달리 애들에게 무시를 당했다.

이유는 하나였다.

방호식은 군대 때문에 휴학한 게 아니었다.

그는 장애인이다. 태어날 때부터 다리 한쪽이 짧은데, 이 때문에 수술이 가능하다는 일본에서 작년에 수술을 받았다.

하지만 결과는 그다지 신통치 않았다.

"오빠, 찾았어요?"

황주혜가 쓰리 포인트에 대해서 묻자 방호식은 고개를 가로저었다.

"근데 걔는 어떻게 한대?"

방호식이 현호에 대해서 묻자 황주혜가 눈을 찌푸렸다. 그녀는 턱을 씰룩이며 입술을 꾹 깨물었다.

"나쁜 새끼."

그녀가 입술을 꽉 깨물었다.

"누가 나쁜 새끼야?"

두 사람이 있던 강의실의 문이 열리고 들어온 이는 현호였다.

그 얼굴을 보자마자 방호식이 눈을 찌푸렸고, 황주혜가 당황해 제 입술을 턱 깨물었다.

"나 까고 있었구만."

현호는 픽 웃으며 방호식이 내려놓은 상속세 과세가액 계산 명세서를 손에 쥐었다.

"흠, 상속세네."

아마도 모의 세무조사 5개 항목 중 상속세를 택한 듯했다. 아니면 이것밖에 없었거나.

어쨌거나 상관은 없었다.

촤락, 촤락.

현호는 서류들을 넘겼다.

"총 재산 명세⋯⋯."

재산 종류가 주르륵 나오는 장을 보며 현호는 눈을 찌푸려 머리에 담았다.

서류에는 예금부터 주택, 상가, 토지, 보험금 등 다양한 항목의 세부 내역이 적혀 있었으며, 그밖에 공과금 명세서라든지, 장례 비용 명세서 같은 공제 항목도 있었다.

"흠, 채무가 2억이나 되네."

채무 내역 역시도 쭉 훑어보았다.

이 모든 걸 빠르게 눈에 담은 현호는 그대로 방호식에게 서류를 넘겼다.

방호식이 현호를 흘겨보며 물었다.

"다 본 거야?"

"예."

현호가 고개를 끄덕였다.

그 모습에 어이가 없었지만 방호식이 현호에게 뭐라고 할 수 준은 아니었다.

현호는 자신을 빤히 바라보는 방호식을 뒤로하고, 황주혜를 돌아보며 물었다.

"통장 내역은?"

"해당 상속자에게 받으라는데?"

황주혜가 불만 어린 시선으로 대답했다.

"상속자?"

지금 황주혜가 말한 상속자는 2학년 선배를 얘기하는 것이었다.

각 사례마다 해당하는 대상자들이 존재하며 대학 내 선배들이 그 역할을 맡는다. 그들이 관련 자료를 가지고 있으며 설정된 상황대로 응대한다.

'아니, 무슨 세무 공무원이 현장을 뛰나.'

일반적으로 세무 공무원은 사업장에 전화해서 자료나 가져오라고 하면 된다.

그 세계의 '갑'이니 말이다.

하지만 문제는 주 교수가 현장을 특별하게 생각하는 사람이라는 점이었다. 모든 답은 자료 이전에 현장에 있다는 게 그의 지론이었다.

"그래서 넌 지금 찾았어? 쓰리 포인트?"

이번에는 황주혜가 현호에게 물었다. 전혀 기대감이 없는 시선이다.

"통장을 봐야 알지. 상속의 꽃은 통장이야."

현호는 가볍게 말하고 황주혜를 바라봤다. 그녀가 이해가 안 되는지 고개를 갸웃했다.

"잘 봐."

현호는 칠판으로 다가가 분필을 손에 쥐었다.

그러고는 몇 개의 통장을 그린 뒤 아무렇게나 숫자를 그려 넣었다.

"자, 봐. 통장이 여러 개지? 우선은 여기서 들어오고 나간 걸 정리해야 해. 사실 들어온 건 필요가 없는데, 나중에 나간 돈이랑 맞춰보려면 그것도 필요해."

현호는 숫자에 동그라미를 치고 설명을 이어갔다.

"통장에서 나가는 돈이야 사람마다 차이가 있지만……. 만약 통장에 일정 기간마다 백만 원이 나갔다고 치자. 그 정도 금액이면 생활비로 나간 것 같다고 추측할 수 있지 않겠어?"

"그렇지."

황주혜가 고개를 끄덕였다.

"그렇다면 백만 원 이상의 돈은? 갑자기 이백만 원이 빠져나갔다면 그건 뭐로 추측할까?"

"그거야……."

당연히 상속자의 통장을 확인해 봐야 한다.

"이제 알겠지? 황주혜, 넌 통장 내역에서 백만 원 이상이 빠져나가고 들어온 흔적을 통장별, 날짜별로 정리하고, 상속자가 소명하지 못하는 부분만 찾아서 따로 정리해 놔."

늘 까부는 모습만 보였던 차현호였다. 그런데 지금 순간은 빠르고 간결한 설명으로 조별 과제에 대한 황주혜의 고민을 단숨에 끝내 버렸다.

심지어 방호식은 감탄한 얼굴이다.

"그럼, 이렇게 하자."

현호는 칠판에 기댔던 손을 떼고 방호식을 바라보며 얘길 이어갔다.

"다시 정리할게요. 형은 일단 상속자 찾아가서 통장 내역을 받아 오시고요. 황주혜, 너는 형이 가져온 통장 내역을 분석해. 내가 방금 알려준 대로 나누라고. 그다음, 황주혜가 정리한 자료를 가지고 형이 다시 상속자한테 가서 내용 소명해 달라고 해보시고, 만약 모른다고 하면 그 부분은 추정 상속 재산 기준에 맞는지 봐서 상속재산에 넣고 신고서랑 비교해 보세요. 혹시 모르니 사전 증여재산이 있는지도 확인해 보시구요."

"그러면… 너는?"

"나? 나는 잠깐 일이 있어서."

현호는 심각한 얼굴로 강의실을 나섰다. 누가 봐도 매우 큰일이 있는 듯한 얼굴이다.

그가 나가자 방호식이 고개를 절레절레 흔들며 혼잣말을 내뱉었다.

"또 놀러 가는 거겠지, 뭐."

*　　　　*　　　　*

수원역 카페 반딧불.

"어? 머리 모양 바꿨네."

홀 직원들을 총괄하는 리더 언니의 눈동자에는 머리를 동그랗게 말아 올린 황주혜의 모습이 비치고 있었다.

"그렇게 하니까 예쁘다."

"그래요?"

"오늘도 열심히 해."

홀에 나가기 전, 황주혜는 마지막으로 한 번 더 탈의실 거울에 비친 자신의 머리 모양을 바라봤다.

'그냥 식상해서 한 것뿐이야. 절대 그 자식의 말에 흔들린 건 아니야.'

하루 3시간, 기숙사 통금 시간이 오기 전까지 그녀는 이곳 카페에서 아르바이트를 한다.

같은 과의 학생들을 자주 보기는 했지만 그다지 문제 될 것은 없었다. 대부분이 서로가 친분이 없는 탓도 있고, 남들 눈 신경 쓰며 제 할 일을 주저할 만큼 강단이 없는 그녀는 아니었다.

"창가 4번 자리 주문받아야 해."

홀 직원이 식기를 치우기 위해 주방으로 들어가며 황주혜를 향해 속삭였다.

"예."

늘 그렇듯 밝게 대답하고 창가 4번 자리로 향했지만 테이블에 가까이 다가갈수록 황주혜의 얼굴은 딱딱하게 굳어져 갔다.

"주문 도와드리겠습니다."

손님은 두 명이었다.

세무대학 내국세학과 1학년 과대 조혁수.

그리고 같은 학과 1학년 장라희.

장라희야 둘째 치고 과대는 평소에도 황주혜를 싫어하는 티를 팍팍 내는 사람이다.

나이 차도 있지만, 무엇보다 과대는 아버지가 국회의원이라는 점 때문에 평소에도 프라이드가 남달랐다.

하긴, 과대는 사람 자체가 조금은 꼬인 편이었다.

"너 여기서 아르바이트하냐?"

과대가 입꼬리를 올리며 알은척을 했다.

반면 장라희는 별 표정 없이 메뉴판을 바라보고 있었다.

"예, 주문하세요."

저들과 별로 말을 섞고 싶지 않았다.

"근데, 너희 조 잘하고 있는 거냐?"

"예."

"잘 좀 해. 너 차현호, 그 자식이랑 친구잖아?"

"친구 아닌데요."

그저 동갑이면 다 친구인가. 그리고.

'나 '빠른'이거든?'

황주혜의 차가운 시선에 조혁수는 픽 웃더니 커피를 주문했다.

그녀가 뒤돌아 가려는데, 그가 툭 한마디를 뱉었다.

"하여간 어린 새끼들이 싸가지가 없어. 아니면 없는 티를 내는 거야, 뭐야."

그 소리가 분명히 귀에 들렸지만 황주혜는 이를 꽉 깨물고 카운터로 향했다.

"사장님, 4번 테이블 커피 두 잔이요."

"그래."

황주혜는 커피가 나오는 사이 다른 테이블의 주문을 받았다. 꼼꼼하게 주문을 받고, 손님들의 얘기에 귀를 기울이는 모습을 조혁수가 멀리서 보고 있었다.

"저렇게 보면 싹싹한데."

황주혜는 손님에게 미소를 보이고 있었다. 쌍꺼풀진 눈꺼풀 사이로 맑은 눈동자가 감춰 있었다.

"너, 쟤 좋아하냐?"

조혁수의 시선을 눈치챈 장라희가 물었다.

"쓸데없는 소리 하고 있어."

"아닌데? 네 눈을 보니까 그냥 보는 게 아닌데?"

장라희는 옳구나 싶은 미소를 보였다.

조혁수와는 어렸을 때부터 알고 지냈다. 집안이 친분이 있었기 때문이다.

그래서 조혁수가 유독 현호와 황주혜에게 까다로운 이유 또한 잘 알고 있다.

조혁수는 자신이 유학을 못 가고 국립대에 들어온 걸 쪽팔리게 생각하고 있었다. 그 때문인지 학비와 기숙사비 무료라는 점 때문에 세무대학에 온 학생들을 달갑게 보지 않는 편이었다.

"자꾸 그렇게 실없는 소리 할래?"

조혁수가 마른 입술을 깨물며 눈을 찌푸렸다. 그러더니 휙 고개를 돌려 창가 너머를 바라봤다.

"아니면 아니지, 뭘 그렇게 화를 내."

장라희는 픽 웃으며 가방에서 세법 책을 꺼냈다.

그녀의 조가 맡은 사례는 법인세 항목이었다. 주 교수가 건네준 법인세 신고서에서 이미 3가지 잘못된 포인트를 찾은 그녀였다.

그러니 A 학점은 따놓은 당상이다.

"너희 조는 양도소득세지?"

장라희의 이어진 질문에 그제야 다시 고개를 돌린 조혁수가 고개를 끄덕였다.

장라희가 다시 물었다.

"쓰리 포인트 찾았어?"

"아직. 투 포인트밖에는."

"선배들에게 물어봐. 족보 있을걸? 이거 해마다 약간씩만 다르게 나온다잖아."

"봤어. 그래서 겨우 2개 찾은 거야."

"뭔데?"

"우리 건 배우자 이월과세인데……. 원래 증여받은 부동산은 5년 이내에 팔면 안 된다고는 알고 있거든. 근데 교수님 자료에는 5년 내에 팔았더라고. 취득 시기랑 세율 장기보유특별공제 등 기간이랑 취득가액 결정만 제대로 하면 될 것 같은데, 좀 헷갈리네."

조혁수가 입술의 부스럼을 매만지며 생각을 곱씹는 걸 잠시 기다린 뒤에 장라희가 다시 물었다.

"근데 9조는 상속세라며?"

"응."

"잘 하려나 모르겠네. 현호야 둘째 치고, 다른 애들은……."

"네가 그걸 왜 신경 써?"

조혁수가 짜증을 냈다.

괜히 말다툼이 일 것 같아서 장라희는 화제를 돌렸다.

"아, 차현호, 여자 친구 있다는데?"

"뭐?"

장라희의 말에 조혁수가 관심을 보였다. 하긴, 그 얼굴에 여자 친구가 없을 리가 없지.

"왜, 그 관세학과 최혜담 선배인가?"

"최혜담?"

"기억 안 나? 학기 초에 방호식 오빠 찾아왔던 여자."

"아……."

조혁수는 그제야 기억이 떠올라서 고개를 끄덕였다.

언젠가 한번 강의실에 선배 하나가 찾아온 적이 있었다.

방호식과 무슨 얘기를 나눴었는데, 그때 방호식이 화를 냈던 적이 있다. 그 뒤로 그녀는 모습을 나타내지 않았다.

장라희는 차현호의 연애 소식을 전하며 들뜬 모습이었다. 상체를 앞으로 숙이고 미소를 히죽거리며 낮은 목소리로 속삭였다.

"그 선배, 인기 많은 선배래."

"그래서 뭐? 둘이 사귀든 말든 무슨 상관이야."

말은 그렇게 했지만 조혁수는 내심 기분이 좋았다.

차현호에게 여자 친구가 있으면 장라희도 그 녀석을 포기할 것 아닌가.

"뭐, 상관이야 없지. 그때 방호식 오빠하고 사귀는 사이네, 친구네, 말들 많았었는데⋯⋯. 그런데 현호가 최혜담 선배랑 사귈 줄 누가 알았겠어. 와, 내가 방호식 오빠면 열 받아서 같은 조 못하겠다."

"됐어. 그 자식 일은 신경 쓰고 싶지 않아."

조혁수는 고개를 돌려 버렸다. 현호가 뭘 하든 신경 쓰고 싶지 않았다.

조혁수의 틀어진 시선에 홀에 있는 황주혜가 비쳤다. 그녀는 조혁수가 주문한 커피를 접시에 챙기고 있었다.

"주문하신 커피 나왔습니다."

잠시 뒤, 황주혜가 딱딱한 얼굴로 커피 두 잔을 테이블에 놓았다.

다시금 물러나려는 그녀에게 조혁수가 물었다.

"황주혜, 너희는 쓰리 포인트 찾았어?"

9조 인원이 결정 난 것이 바로 어제.

쓰리 포인트는커녕 오늘에야 방호식이 상속자를 찾아가 통장 사본을 받아 오기로 했다.

황주혜는 그냥 뒤돌려다가 멈춰 서 대답했다.

"아직이요."

"모의 세무조사 발표일이 다음 주 월요일인 건 알고 있지?"

조혁수가 선심 쓰듯 애길 했다.

"예."

"잘해라."

웬일로 저리 말하나 싶어서 황주혜는 조혁수를 쳐다봤지만 이내 새로 들어온 손님에게로 걸음을 돌렸다.

혼자 들어온 여자는 입구 옆 빈 테이블에 자리를 잡았다.

한눈에 봐도 어린 티가 풀풀 났다. 그나마 황주혜는 대학생이라는 신분으로 인해 옅은 화장이라도 했지만, 손님은 전혀 아니었다.

"주문 도와드리겠습니다."

황주혜가 다가가 미소를 보이자 손님이 맑은 미소로 마주 봤다.

"저, 한 명 더 오거든요. 그때 주문할게요."

"예, 그러세요."

황주혜가 뒤로 물러나 카운터로 향하는데 유리문이 열리는 소리가 들렸다.

'어?'

이번에 들어온 남자는 차현호였다. 그는 성큼성큼 걸어 들어와 좀 전의 손님 앞에 앉았다. 그러자 손님의 얼굴에 환한 미소가 떴다.

"너, 여기가 어디라고 와?"

자리에 앉은 현호는 박진숙을 혼낼 생각으로 이마를 찌푸렸지만, 이어진 그녀의 한마디에 차마 화를 낼 수가 없었다.

"미안."

"휴……. 이왕 온 거 맛있는 거 사줄게. 먹고 싶은 거 다 먹어."

현호는 그녀에게 메뉴판을 건네고 체념 어린 미소를 보였다.

'얘를 어쩌나.'

절로 한숨이 나오지만 억지로 삼켜야 했다.

박진숙은 이제 고등학교 2학년.

그는 현재 대학생.

나이야 둘째 치고 그 위치의 차이가 명확했다.

그런데도 박진숙은 이따금 무턱대고 현호를 찾아왔다.

"너, 오늘 학교는?"

"개교기념일."

"퍽이나."

현호의 핀잔에 박진숙은 수줍게 웃었다.

그녀는 자신의 웃음을 바라보고 있는 현호의 시선이 너무도 좋았다.

친구들이 그녀에게 그랬다.

대학생이 됐으니 이렇게 잘난 남자를 가만히 둘 여자가 어디 있냐고. 그러니 뺏기기 싫으면 쟁취하라고.

ㅡ첫사랑은 바라만 보고 있으면 첫사랑으로 남죠?

ㅡ하지만 용기를 내고 손을 뻗어 붙잡으면 끝사랑이 된다는 말, 여러분은 아시나요?

얼마 전, 라디오에서 들은 이문선의 달이 빛나는 밤에서 나온 멘트가 박진숙의 귓가에 아른거린다.

"돈가스 먹을래?"

"응."

현호의 질문에 박진숙은 서둘러 고개를 끄덕였다.

"주문이요."

현호가 손을 흔들자 홀 직원이 다가왔다.

"주문하시겠습니까?"

"아, 너 여기서 일했어?"

현호는 홀 직원을 아는 듯했다. 박진숙이 고개를 갸웃하자 현호가 말했다.

"나랑 같은 과야, 황주혜라고."

"아, 안녕하세요."

박진숙이 먼저 인사를 했다. 그러자 황주혜도 살짝 고개를 꾸벅였다.

"여기는 돈가스랑 오렌지 주스. 나는 커피."

"돈가스 하나, 오렌지 주스 한 잔, 커피 한 잔 주문받았습니다."

황주혜는 종이에 적은 주문표를 읊고는 뒷걸음질로 물러났다. 그러다가 뒤를 지나가는 손님을 발견하고는 피하려다가 발을 헛디뎠다.

"야, 조심해."

현호가 서둘러 일어나 그녀를 붙잡았다.

하지만 그녀는 자신을 붙잡아준 그를 바로 밀어냈다.

"비, 비켜!"

새빨갛게 달아오른 얼굴로 그녀는 홀을 지나쳐 주방으로 사라졌다.

"참 내, 넘어지려는 거 붙잡아줬더니만."

현호가 픽 웃으며 앉자 박진숙이 눈치를 살피며 물었다.

"친구야?"

"같은 과라니까."

대수롭지 않게 대답했지만 박진숙의 낯빛이 변했다.

'이렇게 적극적인 애였나.'

조용조용한 여자아이라고만 생각했는데, 박진숙은 현호의 생각보다 훨씬 적극적인 여성이었다.

그렇지만 이제는 박진숙이 가지고 있는 그에 대한 마음을 정리해야 할 때였다.

잠시 뒤에 음식이 나왔지만 황주혜가 아닌 다른 이가 돈가스를 가져왔다.

현호는 돈가스를 잘게 자른 뒤 박진숙에게 접시를 건넸다.

"자, 먹어."

박진숙이 포크를 손에 쥐는 모습을 보며 현호는 의자 등받이에 등을 기댔다.

'흠……'

실은 이번 봄에 박진숙이 고백을 해왔었다. 그때 현호는 단호하게 거절을 했다. 아무리 생각해도 박진숙은 여동생, 그 이상도, 그 이하도 아니었다.

마음이 움직이질 않는다.

욕심 같아서는 박진숙과 오빠, 동생으로 지내고 싶었다.

그렇게 되면 차라리 좋을 것 같다. 살뜰히 동생처럼 챙겨줄 생각도 있었다.

'여동생이라……. 미숙이보다야 백배 낫지.'

최강 악마 차미숙.

그녀는 요즘 찬리안 통신에 맛이 들려서 툭하면 집 전화가 불통이었다. 지난달에는 전화비가 5만 원이 넘게 나와서 집에 난리가 났다고 한다.

'응?'

문득 고개를 돌린 현호의 시선에 과대의 얼굴이 보였다. 그 곁에는 장라희가 있었다.

두 사람도 현호를 본 듯했지만 시선을 돌리지는 않았다. 서로가 붙어봤자 좋지 않은 결과가 나올게 뻔했기 때문이다.

'장라희 아버지가 서울청에 있다고 했지?'

과에는 정부 주요 기관 자제가 몇 있었다. 물론 어디에나 그런 부류는 있게 마련이고 또 그들이 함께 뭉치는 것은 자연스러운 현상이었다.

장라희가 조혁수와 어울리는 것도 그들이 만든 모임 때문이었다.

그리고 현호 역시도 모임을 만들고 있었다.

"순태하고 상식이는 요즘 뭐 해?"

태권도와 쭉정이도 박진숙처럼 고등학생이다. 현호를 제외한 셋은 왕래를 하는 듯했다.

현호가 태권도에게 박진숙이 강남에 다시 돌아온 것을 알려줬고, 이후 자연스럽게 셋이 어울리는 것 같았다.

물론 태권도 그 녀석이 박진숙을 좋아하는 것은 현호도 이미 잘 알고 있는 사실이다.

"뭐, 맨날 똑같지. 친구들하고 당구장도 가고, 롤러장도 가고."

"그래? 너는?"

"난 뭐, 매일 학교하고 피아노 학원."

"많이 늘었어?"

피아노라는 소리에 떠오르는 이가 있었지만 현호는 그 생각을 지우고 눈앞의 박진숙만 바라봤다. 그녀는 고개를 끄덕였다.

"서울 오면 나중에 들려줄까?"

"그래."

박진숙과 현호는 식사를 모두 끝내고 카페를 나왔다.

버스터미널까지 함께 온 현호는 그녀가 탈 버스를 함께 기다렸다.

"너도 이제 고등학교 2학년이면, 내년에는 수능 치네."

"응."

박진숙은 맑은 미소로 고개를 끄덕였다.

현호는 그녀의 미소를 말없이 바라보다가 손을 들어 이마를 톡 건드렸다.

"이제 학교 빠지지 말고, 알았지?"

"…어."

가지런히 모은 손을 꼼지락거리는 박진숙.

현호는 그녀의 하얀 이마에 달라붙은 앞 머리카락을 떼어내며 나직이 속삭여 물었다.

"너, 나 여자 친구 생기면 어떻게 할래?"

"어?"

"농담이야."

현호는 곧바로 농담이라고 말했다. 혹여나 박진숙의 눈동자에 눈물이라도 차오를까 봐 그녀의 반응을 떠볼 수도 없었다.

"잘 가."

현호는 버스가 떠나는 것까지 보고 뒤돌았다.

그러고는 버스터미널 앞의 공중전화 부스에 들어가 수화기를 붙잡은 뒤 그녀의 삐삐 번호를 눌렀다.

"진숙아……."

네 마음을 받아줄 수 없다고.

다시는 학교에 찾아오지 말라고, 만약 또 오면 그때는 친구로서도 만날 수 없다고.

좋아하는 사람이 있다고.

분명하게 선을 긋고 싶었다. 하지만… 차마 그럴 수가 없었다.

"잘 들어가."

겨우 그 말만 하고 전화를 끊었다.

*　　　　*　　　　*

오후 4시.

수업이 끝나 텅 빈 강의실에는 최혜담, 그녀밖에 없었다.

강의실 문을 열고 들어온 현호가 자신을 빤히 바라보고 있자 그녀는 읽고 있던 2학년 교재를 뒤로하고는 안경을 내려놓았다.

"그래, 9조는 잘하고 있어?"

"하……. 뭐, 그렇죠."

"너는?"

한숨과 함께 맞은편 빈 의자를 끌어 앉는 그를 보며 그녀가 미소와 함께 물었다.

"뭐가요?"

현호가 툭 묻자 그녀가 다시 말했다.

"마니또 역할 잘하고 있냐고."

마니또.

비밀 친구라는 의미를 가진 이태리어다.

상대방 모르게 뒤를 지켜주거나 도와주는 것이다.

그리고 현호는 지금 방호식과 황주혜의 마니또를 자처하고 있었다.

이는 최혜담과의 거래였다.

"호식이 형이랑 황주혜, 둘 다 잘하고 있어요."

"좀 더 살뜰히 챙겨주지그래? 듣자 하니까 그 둘에게 귀찮은 건 전부 떠맡기고 있다던데?"

최혜담이 장난스럽게 눈을 흘기며 물었다.

"그 둘은 바보가 아니에요. 내가 떠먹여 줄 사람이 아니라, 스스로 찾아야 되고 나아가야 될 사람들이에요."

현호가 눈에 힘을 주고 말했다. 최혜담도 그 말에는 고개를 끄덕였다.

"그래도 이런 게 동기부여가 될까?"

"때로는 사람과 사람 사이의 감정이 그 어떤 동기부여보다 강할 때가 있어요."

"그래서 깐죽댄다?"

"손해 보는 일이죠. 시간 들여 괜히 미움이나 사고……."

올해 초에 현호는 최혜담을 찾아갔다. 잘난 신입생인 거야 이미 소문이 났지만, 그래도 고작 신입생 주제에 그녀를 찾아가서는 제안을 했다.

"아무튼, 저는 할 만큼 하고 있으니까 누나도 약속 지키세요."

최혜담.

훗날에 인터넷 세상을 제패하게 될 미국의 거대 검색 업체인 벨리스의 창업자 중 한 사람이다.

"그래. 네가 호식이하고 황주혜, 두 사람을 양지로 끌어 올리면 나도 그 모임에 들어갈게."

"알았어요."

다시 한 번 확답을 받았으니 이제 일어나야 할 때였다.

몸을 일으키는 그에게 최혜담이 다시 물었다.

"근데 그 모임에 내가 들어가서 대체 뭘 하는데?"

"말했잖아요, 친목 모임이라고. 이 험한 세상, 우리끼리 뭉쳐 보자는 거죠. 혹시 알아요? 우리가 대한민국을 움직이게 될지."

"훗, 알았어."

그녀가 피식 웃었다.

만약 최혜담이 현호가 머릿속에 그린 것을 볼 수 있었다면 절대 웃지 못했을 것이다.

"갈게요."

"그만 좀 놀러 다녀. 마니또 일 마무리하기도 전에 학고라도 받으면 어쩌려고 그래?"

현호는 그녀의 말에 잠시 멈칫했지만 이내 픽 웃어 보였다.

놀러 다닌 것은 사실이지만 수업에 빠지는 것은 어쩔 수 없는 일이다.

타 대학의 인재들을 만나고 모임에 끌어들이기 위해서는 그들의 수업 시간대와 겹치는 것을 피할 수가 없었다.

현호는 이전 삶에서 신문, 서적, 뉴스, 심지어 광고에서까지 스처 본 모든 인물에 대한 기억을 정리했다.

그 속에서 중요한 인물들을 추려냈고, 역추적을 하고 있었다.

그들을 찾아내는 데 큰 어려움은 없었다.

상대의 이름과 나이 대까지 기억하고 있다면 찾는 것은 한결 수월했다. 오히려 찾는 재미도 쏠쏠한 편이었다.

'인맥.'

지금 만들어봐야 한다. 성인이 되면 너무 늦는다.

현호가 자주 수업을 빠지는 이유는 그 때문이었다.

"아."

뭔가 생각이 난 듯, 문 앞에서 현호가 문득 멈춰 서 뒤돌았다.

최혜담이 짙은 눈썹을 솟구치며 물었다.

"왜?"

"누나가 호식이 형을 좋아하는 건 알겠는데, 황주혜는 왜 도와주라는 거예요?"

그 말에 최혜담의 얼굴이 빨갛게 달아올랐다.

"조, 좋아하긴."

부정할 것을 해야지.

그녀는 대답을 주저했지만 현호는 대답을 듣고 싶었다. 왜 황주혜까지 도와주라고 한 걸까.

"그 애, 중학교 때 애들한테 괴롭힘을 당해서 자살을 기도했던 애야."

잠시 얘기가 멈췄지만 현호는 그녀가 말을 잇기를 기다렸다

"하……."

긴 한숨 뒤에 그녀가 말을 이었다.

"사실 나랑 같은 교회 다녔거든. 그때 내가 그 애 마니또였는데… 모른 척했어. 귀찮았거든……."

최혜담은 아랫입술을 힘껏 깨물었다. 현호는 그 모습을 뒤로하고 강의실을 빠져나왔다.

한숨이 절로 나온다.

'어휴……. 이렇게까지 해야 하나.'

최혜담을 모임에 끌어들인다면, 당장의 의미는 없을지 몰라도 분명 훗날에는 그 의미를 찾을 수 있을 것이다.

하다못해 벨리스의 설립 초기에 투자를 통한 지분을 확보할 수도 있을 것이다.

그러니 앞으로도 내키지 않는 수호천사 노릇을 하고 다녀야 할 것 같았다.

'자살을 기도했다, 라…….'

기숙사 방에서 고무줄이 끊겨 머리카락이 흐트러졌던 황주혜의 모습이 눈에 아른거린다.

"내가 지금 무슨 생각을."

고개를 휘젓는 그였다.

*   *   *

"자네, 고련대에는 왜 어슬렁거린 건가?"

복도를 지나는 중에 주 교수가 현호를 붙잡고 물었다.

지난번, 주 교수는 고련대의 법대 교수이자 오랜 친우가 아프다는 소식을 듣고는 휴강까지 하며 서울에 올라갔었다.

그때 고련대를 돌아다니고 있는 뺀질이 현호를 본 것이다.

'고련대라면 그때인가 보네.'

법대생 윤태영을 만나러 갔을 때 일 것이다.

윤태영의 할아버지 윤승태는 현 대법원장으로서 집안이 대대로 법관 집안이다. 물론 훗날 윤태영의 활약 역시도 눈이 부시다.

그래서 현호는 윤태영에게도 모임의 참여를 제안하려 접근했었다.

"예, 친구가 거기 다녀서요."

"친구? 자네 친구면 대학 생활은 이르지 않나?"

"아, 그런 뜻의 친구는 아니고요."

현호는 주 교수의 시선을 제대로 마주하질 못했다.

그도 그런 것이 주 교수의 눈을 마주하면 마치 속마음이 드러나는 것 같았다.

현호가 이전 삶에서 41년을 살았고, 지금 삶에서 국민학교, 중학교를 거쳐 온 시간이 미처 5년이 되질 않는다.

도합 46년.

하지만 주 교수는 올해 나이 50이 넘는 인물이다.

그러니 주 교수 앞에서는 삶의 연륜에서 밀릴 수밖에 없었다.

너스레를 떨 수도, 꼼수를 부릴 수도 없다는 얘기다.

"과대한테 들었지? F 학점."

듣기는 했지만, 알려준 이는 과대가 아니 황주혜였다.

"예."

"그 좋은 머리 썩히지 말고 집중해서 공부 좀 하게."

"알겠습니다."

허리 숙여 대답하자 주 교수는 큼 하고 기침을 뱉으며 사라졌
다.

＊　　　　＊　　　　＊

"너무하는 거 아니냐?"

저녁시간이었지만 현호는 황주혜에게 끌려와야 했다.

그녀의 불같은 기세에 사감 조교 형도 끽소리 못 하고 현호를
놔줬을 정도다.

"그런 소리 할 시간에 쓰리 포인트나 찾아."

황주혜는 현호에게 시선도 주지 않고 말했다. 그녀의 눈은 오
로지 통장 사본에만 쏠려 있었다.

"통장 정리는 얼마나 남았어?"

현호가 한숨을 쉬고 다가가 묻자 황주혜가 눈을 흘기며 그를
바라봤다. 현호는 그 시선을 뒤로하고 그녀가 보고 있던 통장
사본을 손에 쥐었다.

"어?"

하지만 사본을 본 그의 눈이 찌푸려지자 방호식이 뭔가 싶어
물었다.

"왜?"

"형, 이거 3년 치밖에 없잖아요."

"어, 그거만 주던데?"

"형……."

어디서부터 설명을 해야 할까 싶었다. 이런 것도 가르쳐 줘야 하나 싶었지만 결국 사본을 내려놓고 방호식을 바라봤다.

"형, 상속세 조사에서 자주 발견되는 과세 유형이 뭐예요?"

아무리 몰라도 이 정도는 알 것이다.

"자녀 주택자금 지원?"

"뭐… 그것도 맞긴 하죠."

이는 대한민국의 미풍양속을 보면 된다.

자녀가 분가할 때 부모가 전세나 매매자금을 지원해 주는 경우가 많은데 이는 증여에 해당한다.

세무서 공무원들도 통장 기록을 살필 때 이 부분을 염두에 두고 면밀히 살핀다.

"야, 황주혜. 상속세에서 중점적으로 들여다볼 거는 뭐야?"

현호가 이번에는 황주혜를 돌아봤다. 그녀는 내키지 않은 얼굴로 대답했다.

"사전 증여 여부 조사."

"그래, 맞아."

예금 거래 내역이나 부동산 거래 내역, 대출이나 임대 보증금 내역 등을 살피는 것이다.

그리고 이를 알 수 있는 가장 쉽고 완벽한 방법은 통장 조사다.

그래서 현호는 이들에게 자료 정리를 시킨 것이다.

일반적으로 상속세는 90퍼센트 이상 세무조사를 진행한다.

하다못해 전화 한 통이라도 온다.

다만 문제가 생겨도 최대 15년의 제척기간이 있기 때문에, 그 기간 안에 세무조사를 실시하면 되니 때로는 수년 뒤에 조사가 이뤄지는 경우도 있다.

"그럼……."

이미 현호의 생각을 알면서도 방호식은 이마를 찌푸리며 말꼬리를 흐렸다.

"다시 가서 받아 오세요, 통장 사본."

분명 상속인은 통장 사본을 더 가지고 있을 것이다.

'3년 치는 너무 적어.'

이는 주 교수의 트릭이 분명했다.

아마 별도의 얘기를 건네지 않으면 3년 치 통장 사본만 주도록 설정해 놓았을 것이다.

그때 가만히 있던 황주혜가 나섰다.

"야."

"왜?"

현호가 되묻자 그녀가 눈을 픽 흘기며 바라봤다.

"네가 가. 왜 자꾸 오빠 보고 가라마라 해? 오빠 다리 불편한 거 몰라?"

그 말에 현호는 어깨를 으쓱였다.

"지금 상황 보면 모르겠어? 네가 쓰리 포인트 찾을래? 이게 어려워? 그냥 자료만 준비해 놓으면 내가 찾겠다잖아. 그리고 형이 다리가 불편한 게 뭐? 다리 불편하면 늘 가만히 있어야 해?"

현호는 방호식의 다리를 보며 말했다. 방호식은 연강 수업이 있을 때면 가능한 한 강의실에서 움직이질 않았다. 화장실도 억지로 참는 듯했다.

그 이유는 단 하나, 남들의 시선 때문이었다.

"말하는 싸가지하고는. 너, 그럼 쓰리 포인트 찾아낸다고 장담할 수 있어?"

황주혜가 곧바로 반격했다.

"당연하지."

현호는 이번에는 얄미운 미소를 이죽거렸다.

"뭐?"

"나 차현호잖아?"

"너 지금 우리가 바보로 보이지?"

황주혜가 어이가 없다는 시선으로 현호를 노려봤다. 그러자 현호는 귓구멍을 후비고 손가락을 털어내며 말했다.

"나는 그렇게 생각 안 하는데, 아마 과대는 그렇게 생각할걸?"

그 말에 황주혜는 입술을 꾹 깨물었다. 방호식의 턱 주름이 씰룩거린다.

"아무튼 자료 준비해 놔."

현호는 강의실 문을 열고 나갔다. 방호식과 황주혜, 둘만이 남은 강의실에는 침묵이 내려앉았다.

"후……."

방호식의 얼굴이 잔뜩 굳어져 있었다.

나이도 있는데다가, 대학도 현호보다 1년은 빨리 들어왔으니 자존심이 상한 것이다.

"젠장, 더러워서 못 해먹겠네."

그가 엉덩이를 들썩이자 황주혜가 물었다.

"자료 받으러 가게요?"

자료는 개뿔.

열 받아서 담배나 피우러 가려던 방호식이었다.

"난 이제 못 하겠다. 그냥 쟤 빼고 우리끼리 하자."

"빼면, 오빠가 쓰리 포인트 찾을 거예요?"

황주혜는 고무줄을 입에 물더니 뒷머리를 질끈 묶어 올리고 퉁명하게 물었다.

방호식은 그녀의 눈을 보고는 대답을 머뭇거렸다. 순간이지만 그녀의 흰자위에 섬뜩한 빛이 스쳐 간 듯했다.

"우리, 저 자식이 시키는 대로 해요. 개새끼……. 입도 뻥긋 못 하게 만들어주자고요."

"발표 날에 저 자식이 수업 빠지면?"

충분히 그럴 가능성이 있는 놈이다.

원체 제멋대로인 놈이니까.

"그때는 제가 죽여 버릴 거예요."

황주혜의 눈에 독이 서렸다.

15장

각인

"휴강이란다."

강단에 선 과대의 말에 여기저기서 비명이 터졌다.

그사이 현호는 서둘러 가방을 챙기고 일어났다. 황주혜가 뒤에서 노려보다가 그를 붙잡으려고 일어선 순간이었다.

"현호야."

장라희였다. 그녀가 친근한 미소로 붙잡자 현호는 떨떠름한 시선으로 그녀에게 물었다.

"왜요?"

"왜는, 섭섭하게."

과대와 어울리는 이들 중에서 그나마 장라희는 현호에게 호의적인 사람이었다.

"우리 아버지 왔는데, 인사드릴래?"

"누나 아버지요?"

여기는 왜.

"주 교수님 고등학교 재임 시절에 제자셨대. 한 30년 됐다지?"

현재 장라희의 아버지는 서울지방국세청에 있다.

듣기로는 조사4국 소속이라고 했다.

조사4국은 범칙 사건 관련 조사와 처분, 탈세 제보를 처리하지만 때로는 윗선의 지시에 따라 특정 기업을 타깃으로 삼는다. 즉, 정치적으로 활용될 수도 있다는 것이다.

어찌 됐든 이러한 권한 때문에 서울청 조사4국에서 일한다는 것은 일선 세무 공무원들에게는 선망의 대상이기도 했다.

물론, 이는 특무부가 없었을 때의 경우였다.

지금은 특무부로 인해서 그 힘이 많이 쇠약해졌을 것이다.

장라희가 현호를 재촉했다.

"같이 가자. 가서 인사드려. 혹시 아니? 나중에 네가 서울청에 가게 될지. 가자, 응?"

장라희에게 붙잡힌 현호는 주 교수의 사무실로 향했다. 주 교수와 마주치는 게 내키지는 않았지만 장라희의 아버지라는 사람에게 호기심이 일었다.

'어떤 사람일까?'

기억에 있는 사람이면 좋겠다는 생각이 들었다.

어차피 장라희와는 세무대학에서 인연이 생겼고, 장라희의 아버지가 훗날 영향력이 있는 인물이라면 그녀와의 연을 계속 잇기가 편하기 때문이다.

잠시 사무실 앞에서 기다리는데, 주 교수와 남자들이 나왔다.

그중 한 사람을 보고 현호는 눈을 찌푸렸다.

"자, 이쪽은 서울지방국세청 조사4국에 있는 우리 아빠 장명준, 그리고 이쪽은 서울 특수세무조사부에서 근무하는 친척 오빠 장충도."

현호는 말문이 막혔다.

장충도가 어디 백 좀 있을 거라고 생각은 했지만 그게 서울청 조사4국의 인맥일 줄이야.

반면 장충도는 씨익 웃으며 현호에게 다가왔다.

"이 자식아!"

"아, 형!"

장충도가 현호의 목을 끌어안고 헤드록을 시도했지만, 다음 순간 현호는 그의 허리를 잡고 힘껏 들어 올렸다.

"내, 내려줘, 인마!"

그를 툭 내려놓자 이번에는 장명준이 대차게 웃음을 터뜨렸다.

"하하하, 힘이 장사네."

"큰아버지, 제 말이 맞죠? 이 녀석, 보통 놈이 아니에요."

장충도는 마치 친동생을 소개하듯 현호의 어깨를 툭툭 두드렸다.

"라희에게 얘기는 많이 들었네. 장명준이라고 하네."

"처음 뵙겠습니다, 차현호입니다."

굵직한 손이 악수를 청하자 현호도 망설이지 않고 붙잡았다.

그 손에서 단단한 힘이 느껴진다.

'서울청 조사4국의 상명순, 서울 특무부의 장충도.'

현호에게 있어서는 묘한 관계이지만, 이들 집안으로서는 단단하게 자리 잡은 라인일 것이다.

"그나저나 자네가 특무부를 이끌어냈다는 얘기가 있던데?"

장명준이 진한 미소를 보이자 가만히 있던 주 교수가 끼어들었다.

"그게 무슨 소린가?"

"스승님, 3년 전쯤에 있었던 문구점 사건 기억나세요?"

"기억하지."

교육계 스캔들로 번져 전국의 학교들이 발칵 뒤집혔던 사건.

주 교수가 고개를 끄덕이자 장충도가 바통을 받아 말을 이었다.

"이 친구가 그 사건의 최초 제보자입니다. 물론 그 뒤로 제가 나서긴 했지만 말이죠."

펵이나.

"허허, 이것 참 놀라운 일이구만."

"그 일 때문에 특무과, 그러니까 특무부가 존치할 수 있었죠. 당시에는 없어지네, 마네, 말들이 많았는데."

장충도는 그 당시를 떠올리며 얘기를 이었다.

신입 세무 공무원이던 그가 특무과에 들어가게 된 일, 그 특무과가 이제는 특무부가 되기까지.

그만큼 시간이 흘렀고 장충도의 위상도 달라졌다.

"그럼 교수님, 이만 가보겠습니다."

"그래, 또 보세나."

주 교수를 뒤로하고 장명준 부녀를 따라 현호도 건물을 빠져나왔다.

잠시 부녀가 대화를 나누는 사이 현호는 장충도에게 물었다.

"근데 형이 여긴 웬일이에요?"

현호가 알기로는 장충도는 세무대학 출신이 아니었다.

장라희의 아버지야 고등학교 때의 은사님을 뵈러 온 거라지만 장충도가 여긴 왜.

"아, 이 형님이 특무부의 장충도 아니냐. 그래서 주 교수님께서 큰아버지 통해서 나한테 강연을 한번 부탁하셨지 뭐야. 사정이 이러니 거절할 수도 없고, 하하."

장충도의 넉살은 예나 지금이나 그대로였다. 그건 좋은 현상이었다. 아직은 그가 변하지 않았다는 뜻이기도 했으니까.

"그나저나 형, 이제 독립한다면서요?"

장충도는 얼마 전에 독립을 하겠다고 전했었다. 하숙 생활을 정리하겠다는 의미다.

현호의 어머니는 내심 서운한 듯했지만 3년이면 충분히 오랜 시간이었다.

"여자 친구하고 같이 살려고."

"오오… 동거?"

"자식, 결혼할 사람이야."

"결혼이요? 진짜? 누군데?"

"뭐, 나중에 알려줄게."

장충도의 시선이 묘하다. 대체 얼마나 예쁜 사람이기에 저러나 싶었다.

장명준과 장충도가 탄 차가 학교를 떠나고서야 장라희는 그제야 현호를 돌아왔다.

"어때? 우리 아빠?"

"멋있으신데요."

"장인어른 감으로 나쁘지 않지?"

"예에?"

"농담이야, 인마."

장라희가 픽 웃으며 학교로 발길을 돌렸다. 현호도 뒤를 따라가려다가 문득 걸음을 멈췄다.

운동장 한편에 과대하고 방호식이 함께 있는 게 아닌가.

*　　　*　　　*

"후……."

운동장 수돗가에서 세수를 하고 방호식은 고개를 들어 하늘을 바라봤다. 턱에 고여 툭툭 떨어지는 물방울을 쓸어내고 어금니를 꽉 깨물었다.

조혁수가 제안을 했다. 이번 모의 세무조사 발표에서 현호를 곤경에 빠뜨리면 추후에 분명한 보상이 있을 거라고 했다.

조혁수의 아버지는 국회의원.

그 연줄을 붙잡을 수 있다면 분명 메리트 있는 제안이다.

"뭐 하세요?"

불쑥 들린 목소리에 방호식이 깜짝 놀라 주춤 물러섰다. 현호였다.

"너, 넌 여기서 뭐 해?"

"뭘 그렇게 놀래요? 그냥 형이 보이길래요."

현호는 긴장으로 굳어 있는 방호식에게 미소를 건넸다. 실은 좀 전에 조혁수와 방호식이 대화를 나누는 장면을 목격했다.

2단계, 3단계 능력을 거쳐 둘의 대화를 엿들을 수 있었다.

능력이 활성화되는 순간, 눈에 담긴 모든 것은 시신경을 타고 흘러 현호의 뇌리에 완벽한 가상의 현실로 창조된다.

"상속세, 어려우세요?"

현호가 물었다. 방호식은 한 번 더 얼굴의 물기를 닦아내며 고개를 가로저었다.

"아니."

사실 방호식이 맡은 일은 그다지 많지 않았다. 그저 주 교수가 설정한 상속자를 찾아가 대화를 듣고 조사하는 흉내를 내며 통장 사본만 받아오면 될 일이었다.

하지만 조혁수의 제안을 받아들인다면, 상속자에게 받은 통장 사본을 태워 버린다든가, 분실한다든가, 무슨 수를 써야 할 것이다.

"근데 너는 발표가 다음 주 월요일인데, 어떻게 쓰리 포인트 찾아낼 수 있겠어?"

"뭐, 황주혜가 통장 분리만 잘하면요."

현호는 가볍게 대답했다.

사실 일은 황주혜가 다 하는 것이나 다름없었다. 현호는 정리한 자료에서 쓰리 포인트만 집어내면 될 뿐이었다.

'마니또만 아니면… 내가 벌써 해치웠지.'

방호식과 황주혜, 두 사람 모두 똑똑한 친구다.

단지 이들에게는 자신감이 부족할 뿐이었다.

방호식은 절름발이라는 장애 때문에 타인의 시선에 항상 주

눅이 들 수밖에 없었고, 황주혜는 중학생 때 겪은 왕따로 인해서 대인 관계에 문제가 있었다.

그렇기에 이들을 위해서 현호는 못된 역할을 자처하고 있는 중이었다.

"형은 너무 걱정하지 마요. 이번 기회에 과대 납작하게 만들어야죠."

"납작하게?"

"각인시켜야죠. 우리 우습게 보지 말라고. 우리가 한번 하면 보통 놈들이 아니라는 걸, 각인시켜야죠. 형… 그럴 능력 되잖아요?"

툭 던진 말에 방호식의 눈빛이 흔들렸다.

현호는 방호식을 보며 과연 그가 어떤 선택을 할지 내심 궁금했다.

'선택은 네 몫이다.'

만약 조혁수의 제안을 방호식이 받아들인다면, 현호는 그에게서 신경을 꺼버릴 것이다.

설사 그로 인해 최혜담과의 인연을 잇지 못한다 하더라도, 어차피 그녀가 훗날 어떻게 될지는 알고 있으니 그때 기회는 또 있을 것이다.

조혁수의 제안. 그게 말이나 되겠는가.

조혁수의 부친이 제아무리 국회의원인들, 애들 일에까지 나설 정도로 한가한 사람은 아닐 것이다.

'딜은 확실한 사람에게 해야지.'

인사란, 아랫사람이랑 하는 게 아니란 말이다.

"전 가볼게요."

현호는 더 이상 얘기하지 않고 뒤돌아섰다. 어차피, 늘 그렇듯 선택은 본인의 몫이다.

*　　　　*　　　　*

모의 세무조사 발표 당일.

"뭐라고요?"

황주혜의 얼굴이 구겨졌다. 이를 꽉 깨문 모습이 화가 날대로 난 것 같았다.

"없어졌어."

방호식은 창백해진 얼굴로 가방을 뒤적였다.

하지만 아무리 뒤적여도 현호가 작성한 신고서는 보이지 않았다.

"어떻게 된 거예요?"

황주혜가 방호식의 가방을 낚아채 뒤적였다.

지난주 그녀는 방호식이 가져온 5년 치 통장 내역을 모두 확인하고 샅샅이 정리했다.

그런 뒤 현호에게 넘겼더니, 1시간도 안 걸려 쓰리 포인트를 찾아내고는 신고서를 재작성한 뒤에 방호식과 황주혜에게 한번 살펴보라고 말하고는 기숙사로 돌아갔다.

그 때문에 방호식이 현호가 작성한 신고서를 비롯한 모든 자료를 챙겼고, 현호가 월요일, 그러니까 오늘, 발표만 하면 될 일이었다.

그런데 자료가 없어진 것이다.

아무리 차현호라도 발표에서 쓰리 포인트를 설명하려면 직접 작성한 신고서와 통장 내역이 있어야 한다.

하다못해 최소한 주 교수가 건네준 신고서라도 읽어야 하는데, 그것마저도 사라진 것이다.

지금 9조는 손에 쥔 자료가 아무것도 없었다.

황주혜가 뒤적임 끝에 방호식의 가방을 내려놓았다.

"대체 어디에 둔 거예요?"

그녀의 일그러진 얼굴에 당장에라도 눈물 길이 만들어질 것 같았다.

현호와 달리 그녀는 학점에 강박을 가지고 있었다.

어떻게든 A 학점을 받아야 한다. 그러려면 자료가 있어야 한다.

"오빠가 기숙사에 놓고 나온 거 아녜요?"

"아니야. 분명 나올 때 챙겼어."

"그럼 그게 어디 갔어요?"

물어봐도 딱히 답이 없었다. 현호는 그 둘의 모습을 그저 지켜만 볼 뿐이었다. 그러자 황주혜가 그를 노려봤다.

"넌 걱정도 안 돼?"

"걱정한다고 자료들이 돌아오냐?"

당연한 얘기다. 이럴 때일수록 침착해야 한다.

"이게 다 네 탓이야. 어차피 발표할 거면 네가 챙겼어야지!"

"교수님 오셨다. 자리에 앉아."

현호는 그녀를 쳐다보지도 않고 나직이 말했다.

황주혜는 숨을 몰아쉬며 입술을 빨아들였다. 흥분으로 얼굴이 붉게 타들어갔다.

"계속 서 있을래?"

그제야 황주혜는 신경질적으로 현호의 옆자리에 앉았다.

"망했어, 망했어."

방호식은 새하얗게 질려 있었다. 황주혜 역시도 이제는 B 학점도 못 받는다는 생각에 절망에 빠져들고 있었다.

최소한 주 교수의 자료라도 읊어야 B 학점이라도 받건만, 그것마저 없으니 이제 뭘 어떻게 한단 말인가.

이윽고 1조부터 발표가 시작됐다.

대학교 조별 과제, 더구나 1학년들이었다. 한마음으로 뭔가를 이룰 만큼 열정적인 이들은 별로 없었다.

여자들은 제 일이 바빠서, 남자들은 어중간하게 놀기 바빠서.

결국은 조장이 독박을 쓰는데, 그러다 보니 딱 평균만 하자는 생각들이었다.

그래서 대부분의 조는 주 교수가 사례 건마다 건네준 신고서를 분석하고 읊는 데 중점을 두고 있었다.

최소 B 학점은 챙기자는 것이었다.

하지만 장라희의 조는 달랐다. 그녀의 조는 유일하게 문제점을 모두 찾아냈다.

주 교수가 숨겨놓은 함정, 즉 쓰리 포인트를 찾아내는 데 성공한 것이다.

주 교수도 흡족한 듯 장라희 조의 평가를 세심히 적었다.

반면 조혁수의 조는 2개를 간신히 찾아냈다.

이제 남은 조는 9조.

방호식은 여전히 창백한 얼굴로 마른침을 삼키고 있었고, 황주혜는 당장 죽고 싶은 기분이었다.

하지만 차현호는 차분한 미소를 띠고 있었다.

"자, 9조!"

주 교수가 외쳤다. 그제야 현호가 자리에서 일어났다.

일어선 그는 자리에서 나오더니 방호식과 황주혜를 돌아봤다.

"황주혜."

"왜?"

울상이 된 그녀가 고개를 들었다.

"너 통장 정리한 거, 처음치고는 훌륭했어. 깔끔하더라."

"뭐라는 거야."

"형."

"어, 어?"

"고생했어요."

현호는 방호식을 따뜻한 시선으로 바라봤다. 여태의 깐죽거리는 모습은 전혀 찾아볼 수 없었다.

"9조, 안 나오나!"

주 교수가 큰 소리로 외쳤다.

"지금 나갑니다."

현호는 바로 대답하고 마지막으로 두 사람이 들릴 정도로 목소리를 가다듬었다.

"호식이 형이 가져온 방패, 주혜가 만든 창… 어디 한번 휘둘러 볼까?"

*　　　*　　　*

"그러고 나올 건가?"

현호가 나가자 주 교수가 어이가 없다는 시선으로 물었다.

"예."

"자료는?"

물론 빈손이다.

하지만 현호는 대답하지 않았다. 자료가 없으니 무슨 말을 하든 변명일 뿐이니까.

"지금 나랑 장난하자는 건가?"

주 교수가 재차 물었지만 여전히 현호는 아무 말도 하지 않고 강당에 섰다.

"그래, 어디 해보게나."

주 교수가 손을 휘휘 저었다.

현호가 발표를 시작도 안 했지만 이미 기대치는 바닥이었다.

'안 되겠군.'

아무리 똑똑하면 뭐하나, 자세가 안 됐는데.

주 교수는 조별 평가지 위에 볼펜을 툭 내려놓고 고개를 들었다.

그런데 다시 고개를 든 주 교수가 입을 딱 벌렸다.

현호가 칠판에 신고서의 내용을 적고 있었다.

그것도 무려 10장 분량의 표를 거침없이 그려가며 각 표마다 해당 내역을 집어넣고 있었다.

한데 더 놀라운 것은…….

그래, 자기가 만들었으니 적을 수 있다 치자.

그런데 주 교수가 처음에 나눠줬던 신고서까지 그리는 게 아닌가.

기막힌 것은 여기서 끝이 아니었다.

칠판에 빼곡히 채워진 내용에 이어서.

"흠, 통장 세부 내역도 하나하나 적고 싶은데, 칠판이 꽉 찼네요."

현호가 주 교수를 돌아봤다. 그 다음으로는 강의실의 학생들을 돌아봤다.

일대 혼란에 빠진 그들을 향해 현호가 입을 열었다.

"통장 세부 내역은 구두(口頭)로 진행하겠습니다."

＊　　　＊　　　＊

10분에 걸쳐 현호는 통장의 주요 세부 내역과 주 교수가 처음 나눠준, 물론 지금은 사라진 신고서를 읊고 설명을 이었다.

'마, 말도 안 돼. 자료도 없는데 어떻게……'

조혁수뿐 아니라 모두가 이 상황이 믿기지 않았다.

주 교수라고 다를까.

그의 하얀 턱수염이 얌전히 있지를 못했다.

마치 기적이라도 목도한 듯 쉼 없이 꿈틀대고 있었다.

세상에 이런 일이.

뿐만 아니라 1조에서 8조의 조장 중 누구도 이렇게까지 긴 시간을 잡아먹지 않았다.

그저 강단에 올라와서 준비한 자료를 손에 쥔 채 부스럭거리고, 부산하게 행동하며 시간을 때우고 내려갔을 뿐이다.

그러니 수업 한 시간 동안에 9조의 차례까지 온 것 아닌가.

그런데 현호는 강단에 올라와 입을 연 뒤로 단 한 차례의 머뭇거림도 없었다.

주 교수는 여태 발표를 해온 학생들 중에 이런 건방지고 대담한 녀석은 본 적이 없었다. 열이면 열, 강단 앞에 서면 떨게 마련이다.

매일 강의를 하는 주 교수조차도 학생들을 마주할 때면 실수라도 하지 않을까 늘 조마조마하는데, 대체 이 녀석은.

'더구나 빈손이잖아?'

주 교수가 지금 상황을 어떻게 받아들여야 하나 생각하는 그때, 현호가 주 교수를 바라봤다.

"교수님이 주신 자료에는 몇몇 잘못된 부분이 보였습니다."

쓰리 포인트의 포문을 연 현호의 입에는 당당함이 새겨져 있었다.

"그래, 뭐가 잘못됐지?"

주 교수가 정신을 바로잡고 물었다. 현호는 칠판을 가리켰다. 적어 내려간 신고서에서 재산 내역 항목을 손으로 톡 가리켰다.

"우선 첫째, 재산 내역 중에 아파트가 있는데 평가가 잘못됐습니다. 여기 송파에 있는 아파트 같은 경우, 주변에 비슷한 부동산이 있기 때문에 매매사례가액으로 평가하는 게 맞습니다. 아파트의 경우, 같은 동, 같은 평수로 이루어지고 층만 다르기 때문에 매매사례가액을 찾을 수 있으니까요. 그러니 이 건의 경우, 기존 신고서에 4억 5천만 원으로 평가된 가격은 잘못된 것으로 매매사례가격인 6억 1천만 원으로 평가되어야 합니다."

맞는 얘기다.

매매사례가격을 두고도 공동주택가격을 가져다 쓰는 것은 추징 대상이다.

주 교수는 좀 전까지 놀랐던 마음을 뒤로하고 교수로서 냉철하게 현호의 대답을 귀담아들으며 질문을 이었다.

"그럼 신고서의 다른 자산의 평가는 다 맞나?"

9조의 평가지를 다시 손에 쥐고, 볼펜을 툭툭 두드리며 현호의 대답을 기다렸다.

"네. 안양 주택의 경우는 개별주택가격으로, 이천 토지의 경우는 공시지가(公示地價)로 잘 평가되어 있었습니다."

"좋네. 그럼 다음은?"

주 교수의 입꼬리에서 묘한 들썩임이 일었다.

"둘째, 금융재산 상속공제가 적용되지 않았습니다. 예금, 적금 등 금융재산에 대해 일정 부분을 공제해 주는 것인데, 교수님의 신고서에는 적용되지 않았습니다. 따라서 한별은행에 있는 3천만 원의 20퍼센트인 6백만 원은 공제 가액으로 산입돼야 합니다."

현호는 말을 잇기 전에 방호식을 가리켰다. 당황한 방호식이 양 눈썹을 추켜세우자 다시 얘기를 이어갔다.

"저희 조원이 상속인과 인터뷰한 결과, 추가로 알아낸 사실은 피상속인이 돌아가시기 이틀 전, 지인의 말을 들은 상속인이 한별은행을 제외한 나머지 은행에서 피상속인의 돈을 모두 인출했다고 합니다. 하지만 이로 인해 오히려 공제 가액이 줄어들어 결과적으로는 세금을 더 많이 내게 됐습니다. 또한 사용처를 소명하지 못했기에 출금 금액의 전체가 상속재산에 다시 산입됐습니다."

두 번째 포인트 통과.

하지만 세 번째 포인트는 조금 어려울 것이다.

주 교수는 흥미로운 시선으로 현호를 바라보며 턱수염을 쓸어내렸다.

"그리고 셋째, 사전 증여가 있었으나 신고서상엔 반영되어 있지 않았습니다."

그 말이 나온 순간, 주 교수는 펜을 내려놓았다.

아까처럼 체념한 것이 아니다. 이제는 인정해야 했다.

물론 현호는 주 교수의 행동과는 상관없이 계속해서 발표를 이었다.

"상속인으로부터 받은 피상속인의 통장 내역과 상속인의 부동산 취득 시기 등을 비교해 본 결과, 대략 1억 정도가 피상속인이 돌아가시기 전에 상속인의 집을 사는 데 들어간 것으로 확인되었습니다. 따라서 해당 건의 경우 사전 증여의 건까지 상속재산에 합산하여야 합니다. 또한 가산세를 포함하여 증여세 신고를 하여야 합니다."

주 교수는 고개를 끄덕였다.

다른 조 중에서도 쓰리 포인트를 찾은 조가 있긴 했지만 현호처럼 제대로 된 설명을 하지는 못했다.

물론 이렇게 발표하는 것이 정상이고, 이것이 1학년의 본분이다.

그다지 특별한 것도 아닌데… 왜 저 학생은 유독 특별하게 느껴지는 걸까.

"자네가 상속인을 많이도 귀찮게 했나 보군. 애초에 직접 찾아와서 귀찮게 하지 않는 이상은 그 자료를 내주지 말라고 했는데……. 잘했네."

주 교수의 말에 방호식의 얼굴이 조금 상기됐다.

그는 현호가 시켜서 어쩔 수 없이 모의 세무조사의 상속인으로 설정된 선배를 몇 번이나 찾아갔었다.

하지만 말이 대학 선배이지, 한때는 방호식의 동기였다.

절뚝거리며 찾아가 그 친구의 시간을 뺏고 물어보는 게 어디 쉬운 일이었나.

그래도 이를 악물고 찾아가서 자존심 굽히고, 묻고, 또 물었다. 차현호라는 놈의 자극도 있었지만, 점점 오기가 생겼기 때문이다.

분명하건대, 지금이야 현호가 스포트라이트를 받고 있지만 방호식이 받아온 자료와 황주혜의 통장 분석이 없었다면 지금의 스포트라이트는 없었을 것이다.

"수고했네."

주 교수는 흡족한 얼굴로 자리에서 일어났다. 그런데 현호는 강단에서 움직이질 않고 있었다.

"뭐하나? 안 들어가고."

이상하다 싶어 물으니 그제야 현호는 미간을 좁히고 입을 열었다.

"아직 끝나지 않았습니다."

"뭐?"

"아직, 하나가 더 남았습니다."

주 교수의 눈주름이 찌푸려졌다. 순간이지만 언짢음이 그대로 드러났다.

주 교수가 학생들에게 나눠준 자료에서 일부러 만든 잘못된 부분들, 그건 일명 쓰리 포인트라고 불리며 그의 별명이자 이 학교의 전통이 됐다.

'그런데 지금 끝나지 않았다고?'

의도한 바와 다른 결과가 있다는 것은.

'내가 틀렸다고?'

쉬이 인정할 수 없는 얘기.

당황한 것은 학생들도 마찬가지였다. 현호의 말에 학생들이 웅성거리기 시작했다.

지금 대체 무슨 일이 벌어진 걸까.

주 교수가 물 먹은 걸까, 아니면 저 미친놈이 일을 저지른 것일까.

그 두 가지를 두고 혼란스러워하고 있었다.

* * *

"그래, 뭐가 더 있다는 얘기지?"

주 교수의 눈이 날카로워졌다.

뭐 하나라도 어쭙잖게 얘기했다가는 가볍게 넘기지 않겠다는 시선이었다.

"연금 보험에 현재가치 평가가 돼 있질 않습니다. 10년 동안 나눠 받는 연금의 경우, 현재가치 평가를 해야 하는데… 보험 증서에 있는 금액으로 그냥 평가가 돼 있더라고요."

"아, 그런가? 그게 사실이라면 내가 미처 발견하지 못한 건데……."

주 교수는 좀 전의 날카로운 시선이 무색할 만큼 쉽게 인정을 했다.

틀리지 않은 것을 틀렸다고 주장하면 불호령을 던졌겠지만, 틀린 것을 지적했다면 그것은 인정하고 칭찬을 해줘야 한다.

"흠……."

주 교수는 지난번에 9조에게 건넸던 신고서와 자료들의 복사본을 살피고는 옅은 신음을 내뱉으며 고개를 끄덕였다.

"그렇구만……. 이 신고서는 예전에 치렀던 모의 세무조사 건을 바탕으로 자네가 지적한 3군데만 올해 새로이 비틀어놓은 건데……. 이걸 깜빡하고 놓쳤군."

주 교수의 낮은 목소리에 강의실 분위기가 숙연해졌다.

그때, 현호가 다시 입을 열었다.

"운이 좋았습니다. 교수님이 1조부터 저희 조까지의 사례를 다듬으시느라 실수로 넘기신 부분인 것 같아서 저희 셋도 얘기할까 말까를 두고 망설였습니다."

현호는 주 교수의 실수를 자연스럽게 덮었다.

이는 주 교수의 체면을 고려한 행동이었으며, 숙련된 처세술이었다. 하지만 이로써 하나를 얻을 것을 셋을 얻을 수도 있을 터.

"아닐세. 세무 공무원이 이런 걸 놓쳐서는 안 되지. 잘했네, 잘했어."

주 교수가 만족한 듯 크게 고개를 끄덕였다.

"감사합니다. 그리고 오늘 발표한 3가지 잘못된 부분은 방호식, 그리고 황주혜가 모두 찾아냈습니다."

현호가 뜻밖에도 공을 두 사람에게 넘겼다.

방호식의 눈이 동그래졌고, 황주혜는 경기를 일으켰다.

"그럼 자네는 뭘 했지?"

주 교수가 의아한 시선으로 쳐다보고 물었다.

여태의 발표로 봤을 때, 현호가 아무것도 안 했다고 볼 순 없었다.

"전 왼손입니다."

현호는 씨익 웃으며 말했다.

"뭐? 왼손?"

"왼손은 거들 뿐이죠."

"허."

주 교수가 헛숨을 토했다.

좀 전까지 진지하게 발표를 해서 오랜만에 진짜 천재를 마주했다 생각했건만, 또다시 까불거리는 모습을 보니 갈피를 잡을 수가 없는 것이다.

"9조의 발표는 여기까지입니다."

현호는 심플하게 설명을 끝냈다.

다만 너무도 놀라운 일을 목도한 학우들은 침묵 속에 넋을 잃고 있었다.

짝짝!

주 교수였다. 그가 박수를 쳤다. 그 같은 행동은 다들 처음 보는 것이어서 영문을 몰라 하다가 얼떨결에 박수를 따라서 치기 시작했다.

그제야 상의실에 박수갈채가 울려 퍼졌다.

여름이 가까워 올수록 해가 길어지고 있었다.

하늘에는 노을이 깔리고 있었지만 밖은 여전히 환했다. 그래서 학생들은 운동장에서 시간을 보내기도 했고, 도서관에서 공부를 하기도 했다.

각기 자신만의 공간을 찾아다니느라 바쁜 청춘들이었다.

"형, 또 통닭이에요?"

기숙사 사감 조교는 갑자기 들어온 현호 때문에 흠칫 놀란 모습이었다.

"아이고, 자식아. 예고 좀 하고 들어와라."

그는 놀란 가슴을 쓸어내리며 고개를 절레절레 흔들었다.

"여기요."

"이거 뭐야?"

현호가 내민 검은 봉지 속을 바라본 조교는 이내 눈을 찌푸렸다. 또 통닭이었다.

"야, 인마. 다른 것 좀 사 와. 매번 통닭이냐?"

"뒀다 나중에 드시면 되지. 생각해서 사 왔더니만…… 아, 싫음 줘요."

"됐어, 인마. 내일 먹을 소중한 양식을."

사감 조교가 현호의 뒤를 봐준 게 한두 번이 아니었다. 알게 모르게 챙겨준 적도 많았다.

"그럼 저 갈게요."

"그랴."

사감 조교의 방을 빠져나오려는 그때.

현호는 뭔가 이상해서 뒤를 돌아봤다. 그리고 눈을 찌푸린 순간.

"뭐야?"

현호의 눈에 조교가 먹고 있는 통닭을 받친 종이 뭉치가 보였다.

저것은.

"형."

"왜?"

"그거 뭐예요?"

현호가 가리킨 그것은 9조의 자료였다.

"이거? 문 앞에 떨어져 있던데?"

조교는 순진하고 착실한 시선으로 현호를 바라봤다.

"왜?"

"…형!"

＊　　　　＊　　　　＊

기숙사 공터에서 방호식이 담배를 태우고 있었다. 드리워진 나무 그림자 아래서 상기된 얼굴로 가슴을 들썩이고 있었다.

"뭐 하세요?"

현호가 다가가자 그는 조금 놀란 듯 목젖을 꿈틀거렸다.

그는 여태까지 현호와 거리를 두는 편이었다.

먼저 말을 걸어온 적도 없었고, 때로는 현호를 일부러 피하기도 했었다.

물론 이번에 같은 조가 되기 전까지는.

"그냥, 뭐… 담배 한 대 피우는 거지. 너도 한 대 피울래?"

"아니요."

현호는 방호식이 건넨 담배를 받지 않았다. 그러자 방호식이 피식 웃으며 말했다.

"하긴 미성년자한테 담배를 주면 안 되지."

비록 괴물이기는 하지만.

"주민등록증 나왔거든요?"

그 말에 피식 웃으며 방호식은 담배 연기를 빨아들였다.

잠시 연기만 뿜던 방호식이 노을을 바라보며 입을 열었다.

"오늘 고마웠다."

몇 번이나 고민해서 뱉었을 그 말에, 현호는 잠시 운동장을 바라보다가 속삭여 물었다.

"많이 힘들었죠?"

"힘들기는. 나야 자료만 가져왔을 뿐인데."

하지만 현호는 잘 알고 있다. 방호식이 어떤 심정으로 자료를 받으러 다녔는지.

누군가에겐 별것 아닌 일일지 모르지만, 방호식에게는 힘든 일이었을 것이다. 그의 불편한 다리 때문만은 아니다.

자존심.

한때는 동기였던, 지금은 선배인 그들을 찾아가는 것이 여간 어려운 게 아니었을 것이다.

"형."

"응?"

방호식이 고개를 돌렸다. 현호는 그와 시선을 마주하고 말했다.

"앞으로도 그렇게 하셔야 해요. 형이 몸이 안 좋은 거, 그거 바뀌지 않은 사실이잖아요. 그러니까 더 악착같이 살아야 해요. 남들 눈 신경 써봤자 형만 손해예요."

"현호야……."

당황한 방호식이 목울대를 끌어 올렸다.

여태 누구도, 그 누구도 그런 얘기를 해준 적이 없었다.

"형의 마음, 형의 입장, 제가 백 퍼센트 이해할 수는 없지만, 한 가지는 확실해요."

"…뭐가?"

"형이 할 수 있다는 거. 그것이 어떤 것이든."

현호는 최혜담의 조건 때문에 방호식을 도왔다.

하지만 단순히 조건의 성립만을 위해서 형식적으로 방호식을 도와주진 않았다.

그는 방호식보다 앞서간 인생 선배로서 진심으로 도움을 주고 싶었다.

"형."

"응?"

담배를 한 대 더 입에 문 방호식이 조금 상기된 얼굴로 다시 현호를 돌아봤다.

"저, 마음에 맞는 친구들하고 모임을 하나 만들었거든요."

"모임?"

방호식은 담배 연기 사이로 현호의 얘기에 귀 기울였다.

"그래서 형도 들어왔으면 좋겠는데."

"내가?"

현호의 제안으로 인해 방호식의 얼굴에 화색이 모였다.

"뭐하는 모임인데?"

"거창한 거 아니고… 인맥이죠, 뭐. 그저 훗날 대한민국의 미래를 위해서 우리끼리 뭉치자는 거예요."

현호의 기억 속에, 방호식이 어떤 특정한 인물이 되는 건 아니었다.

하지만 방호식이 마음에 들었다. 그는 과대의 제안을 뿌리쳤으니까.

현호는 대학 입학 이후, 모임을 통해 인맥을 형성하고 있었다. 기억하는 훗날의 중요 인사들과 미연에 인연을 만들고 있었다.

이는 분명 의도적인 접근이다.

하지만 더 분명한 것은 그들 모두에게 목매는 것이 아니고, 꼭 그들이어야만 하는 것도 아니라는 점이다.

그저 내 사람.

그들이 제안을 받아들이면 내 사람이 되는 것이고, 제안을 거부하면 훗날의 소모품이 되는 것뿐이다.

"모임 이름이 뭐야?"

방호식이 물었다. 현호는 운동장을 바라보며 답했다.

"일단은 '찬란한 대한민국의 미래'라고 지었는데, 어때요?"

"찬란한… 대한민국의 미래? 찬. 대. 미?"

"찬대미요?"

방호식의 혼잣말에 현호가 미간을 좁혔다. 줄임말은 고려치 않았던 현호였다.

'찬대미……'

어감이 좋다. 확실히 이런 건 어린 친구들이 잘하는 것 같았다.

"근데 내가 자격이 돼?"

방호식은 현호의 말을 허투루 들을 수가 없었다. 그 모임의 성격이 어떻든 간에, 왠지 가슴이 울리는 제안이었다.

현호 역시도 방호식의 복잡한 감정을 이해할 수 있었다.

"충분히요. 형이 아니면 누가 해요."

방호식은 생각해 보겠다는 말을 하고 기숙사로 들어갔다. 하지만 그의 표정은 이미 모임에 참여하기로 마음먹은 얼굴이었다.

'찬대미라.'

입에 딱 달라붙는다.

현재 찬대미의 회원으로 확정된 인원은 일곱이다.

한국대 의대생 김춘삼(훗날 천재 외과의사).

고련대 법학과 윤태영(할아버지 윤승태 현 대법원장).

성강대 철학과 민철식(아버지 민정욱 민정당 국회의원, 훗날 대권 후보).

고련대 경제학과 최강한(훗날 대한은행 총재의 사위).

센터대 정치국제학과 김구운(훗날 청와대 최연소 비서실장).

국립세무대학 관세학과 최혜담(훗날 인터넷 검색 업체 벨리스의 창업자).

그리고 방호식까지.

현호는 차근차근, 그리고 확실하게 길을 걷고 있었다.

'이제 또 누구를 넣을까.'

새로운 멤버에 대한 고민을 잇는 찰나, 현호의 눈에 황주혜가 보였다. 그녀는 학교 운동장을 달리고 있었다.

'무슨 여자애가 운동이야?'

황주혜는 하루도 빼먹지 않고 운동장을 도는 것 같았다.

현호가 알기로 그녀는 아르바이트하는 것 외에는 학교를 떠나지 않았다.

'좀 나가 놀고 그러지.'

그동안 황주혜를 지켜본바, 그녀는 대인 관계의 문제를 떠나서 일단은 기가 센 것 같았다.

"야, 차현호!"

기숙사로 발길을 돌리려는 찰나였다.

현호가 걸음을 멈춰서 돌아보자 운동장에 있던 황주혜가 달려오는 게 보였다.

"왜?"

그는 가까이 다가온 그녀에게 물었다. 그러자 그녀는 가쁜 숨을 들이켜려고 가슴을 들썩였다. 하얀 얼굴이 더 하얗게 변하자 주근깨가 유독 도드라졌다.

"아까 왜 그랬어?"

그녀가 물었다.

"뭐가?"

"왜 우리한테 공을 다 돌린 거냐고?"

빨리도 물어본다.

"왜? 그러면 안 돼?"

"이유가 있을 거 아니야? 세상일에 공짜가 어디 있어?"

"세상의 모든 차가 깜빡이 켜고 들어오면 사고도 안 날 거야, 그치?"

"무슨 소리야?"

황주혜가 어이가 없다는 시선으로 그를 바라봤다. 현호는 픽 웃으며 손을 들어 그녀의 이마에 검지를 내밀었다.

딱!

"아얏!"

"엄살은."

"이게! 너, 이제 나한테 반말하지 마!"

황주혜가 아랫입술을 한 움큼 깨물더니 현호를 노려봤다.

하여간 꿀밤 한 대에 이토록 감정 기복을 보이다니.

"싫거든? 우리 동갑이거든?"

"나 빠른이거든?"

그 말을 뱉고 황주혜는 의기양양한 얼굴을 했다.

'빠른'을 외치는 순간, 나이 다툼의 무대뽀 종결자가 된다. 이 말을 하면 전국 어디에서든 일단 상대를 주춤하게 만든다.

그러니 차현호도…….

"난 출생신고를 한 해 늦게 했거든?"

현호는 그 말을 툭 뱉고 기숙사로 들어갔다. 물론 거짓말이었다.

*　　　*　　　*

"나 빠른이거든?"

"하하하."

"까르르."

현호의 익살스러운 표정에 다들 배꼽을 잡고 웃었다.

충남 아산 수련원, 내국세학과, 관세학과 합동 엠티.

현호는 얼마 전 황주혜가 그에게 '빠른' 대접을 받으려 했던 일을 사람들에게 폭로했다.

같은 1학년이라고 해도 현호와 황주혜를 제외하고는 다들 2살 위였다. 심지어 방호식은 3살이나 위다. 그러니 황주혜의 빠른 타령이 얼마나 귀여워 보이겠는가.

'저 자식을!'

황주혜는 그날처럼 입술을 반쯤 물고 있었다. 물론 현호는 그 모습도 따라 했다.

"푸하하!"

웃음이 터진 언니, 오빠들의 모습에 황주혜는 당장에라도 여기를 벗어나고 싶었다. 그래서 엉덩이를 들썩이려는데, 갑자기 현호가 웃옷을 벗더니,

"야, 황주혜."

그가 벗은 옷을 툭 건넸다.

현호는 눈부신 등판을 본 여자들의 자지러진 비명을 전주곡 삼아 운동장으로 달려갔다.

축구 시합.

엠티 오후 일정으로서 해가 기울기 전의 한판이었다.

관세학과 1학년들도 같이 엠티를 왔기 때문에 과 남자들의 자존심이 걸린 경기였다.

참고로 이긴 과의 남자들은 장라희가 여대 무용과와 미팅을

주선해 주기로 했다.

과대 조혁수를 비롯한 형들이 공격수 포지션을 차지하고 있는 탓에, 현호는 미드필드 라인에 아무렇게나 섰다.

"꺄!"

휘슬도 안 울렸건만 여자들의 비명 소리가 들렸다.

내국세학과 여학우들의 시선이 현호에게 쏠리는 것은 당연했다.

삐익!

휘슬이 울렸다.

조혁수가 하프라인을 치고 달려갔다.

한때 운동 좀 했다고 떠벌리고 다니더니만 거짓은 아닌 모양이었다.

조혁수는 빠른 몸놀림으로 패스를 이어가며 골라인까지 접근했지만 관세학과 수비진의 깊은 태클에 걸려 운동장을 구르고 말았다.

"공 잡아!"

조혁수는 마치 주장이라도 되는 것처럼 외쳤다.

설렁설렁 뛰며 대충 경기에 참여할 생각이었던 현호였지만, 공이 근처를 지나자 다리가 먼저 발동이 걸렸다. 순식간에 공이 현호의 발에 달라붙었다.

휘익!

현호의 넓은 등판이 빠르게 돌아섰다.

다음 순간, 그의 발목에 맞고 튕겨 나간 공이 관세학과 수비수의 가랑이 사이를 지나쳤다.

"뭐, 뭐야?"

재빠르게 수비를 제치고 현호의 드리블이 이어졌다.

현란한 발재간뿐 아니라 바람을 가르는 스피드가 가히 압권이다.

현호는 관세학과의 골문으로 향했다. 중앙을 가로질러 순식간에 셋을 제친다.

현호의 스피드는 주저함이 없었다. 뿐만 아니라 그는 단 한 번도 고개를 숙여 발밑을 보지 않았다. 그저 공과 혼연일체가 되어 달려갈 뿐.

마침내 골대 앞에 당도한 현호는 여태와는 달리 아주 부드럽게 슛을 날렸다. 마치 골대에게 공을 건네듯이.

철썩.

"세상에나……."

황주혜는 벌린 입을 다물지 못했다.

가슴이.

'가슴이… 떨려.'

두근두근, 두근두근.

이상한 일이었다.

황주혜는 자신의 심장이 미쳤을지도 모른다는 생각이 들었다.

"형!"

현호의 패스는 정확했다.

관세학과 골문을 향해 휘어들어 간 공이 내국세학과 공격수의 발에 안착하는 순간.

팡!

골대를 벗어나 멀리 날아가는 공.

현호를 제외한 모두가 진정한 개 발을 가지고 있었다.

후반전.

경기 종료 5분을 남겨놓고 스코어는 3 : 2

내국세학과가 지고 있다.

그나마도 현호가 2골을 넣은 상태였다. 더구나 현호는 여전히 미드필더 라인을 지키고 있었다. 그가 공격수 포지션인 센터포워드에만 섰어도 골은 훨씬 더 많이 났을 것이다.

센터포워드는 여전히 조혁수.

조혁수는 숨을 몰아쉬며 운동장을 달리고는 있지만 역부족이었다. 상대 수비진과 어깨를 부대끼다 자빠지기 일쑤였다.

"하… 하… 하……"

주저앉은 조혁수가 숨을 몰아쉬었다. 그사이 상대 수비진은 롱패스를 건넸고, 그 공은 골로 이어졌다.

스코어는 4 : 2

현호가 있는 내국세학과가 두 점 뒤지고 있었다.

"하… 하… 하……"

현호는 여전히 주저앉아 있는 조혁수를 내려다봤다.

"약골이시네요."

"뭐야?"

더위와 체력 방전으로 얼굴이 잔뜩 붉어진 조혁수였다.

현호는 그를 보며 미소를 띠고 말했다.

"형… 모두가 공격수일 수는 없어요. 골키퍼도, 미드필더도

11명 중에 한 명입니다."

현호의 말이 뜻하는 바는 분명했다.

이제 자존심을 한 수 접고 협력하자는 것이다.

조혁수는 꾹 다문 입술로 주저했다. 그때, 현호가 그에게 손을 내밀었다.

'젠장.'

조혁수는 알고 있었다. 이 손을 잡으면 앞으로 이 녀석을 쭈욱 인정해야 함을.

탁.

결국 손을 붙잡고 일어났다.

"네가 공격수 해, 인마."

지금 막 조혁수가 현호를 인정했다.

경기 최종 스코어 4 : 5 (내국세학과 승)

16장

추억

엠티의 꽃, 캠프파이어.

어둠 속을 수놓은 모닥불의 춤사위를 바라보며 모두들 흥에 젖어 있었다. 수련원 조교들이 감독을 하고 있었기에 큰일 없이 다들 재밌게 이 밤을 즐기고 있었다.

"자, 그럼! 세무대학의 내국세학과에서 가장 인기 있는 남학생을 모시겠습니다."

사회를 맡은 수련원 조교가 마이크를 잡고 외치자 여학우들의 목소리가 일제히 울려 퍼졌다.

"차현호!"

"앗! 차현호가 누구죠?"

수련원 조교의 과도한 액션에 현호는 난처해서 이마를 긁적였다.

아무리 잘났어도 남들 앞에 서는 것까지 즐기는 건 아니었다.

"자, 차현호 학생 나오세요."

그가 손사래를 치며 미적거리자 여학우들의 연호가 시작됐다.

"차. 현. 호! 차. 현. 호!"

"차. 현. 호! 차. 현. 호!"

결국 차현호는 일어서고 말았다.

"꺄!"

관세학과 여학우들까지 난리였다.

인물이면 인물, 머리면 머리, 어디 하나 부족한 게 없으니 그를 눈여겨본 여학우가 한둘이 아닐 터.

"우와! 제가 여기 조교 생활하면서 이렇게 완벽한 비율을 가진 남학생은 처음 봅니다! 그럼, 자기소개 부탁드립니다!"

"안녕하세요, 차현호입니다."

쏟아지는 박수갈채.

현호가 허리춤에 손을 얹고 난처한 미소로 모닥불을 바라봤다. 그러자 사회자가 느닷없이 마이크를 건넸다.

"여기까지 나왔는데, 노래 안 듣고 갈 수 없죠?"

역시나인가 싶었다.

"노. 래. 해! 노. 래. 해!"

"노. 래. 해! 노. 래. 해!"

계속된 연호.

'에라, 모르겠다.'

현호는 마이크를 붙잡았다. 그러고는 그가 알고 있고, 한때 불러본, 몇 안 되는 대중가요 중 하나를 부르기 시작했다.

길고 긴 청춘의 밤.

모닥불에 익은 밤공기에는 6월의 아카시아 꽃 향기와 현호의 목소리가 녹아들었다.

노래가 모두 끝이 났을 때, 현호는 꽤 오랜 시간 가슴에 고여 있던 해묵은 옛 추억들을 한결 떨쳐 낸 기분이 들었다.

그런데.

'왜 이렇게 조용해?'

노래가 끝났는데, 으레 있을 법한 박수 소리도 들리지 않았다.

"지, 지금 자작곡인가요?"

사회자가 떨림이 물든 목소리로 물었다. 그 순간, 현호는 아차 싶었다.

'이런……'

아직 나오지 않은 노래였다.

1997년에 나오는 노래, 발자국.

현호는 크게 생각하지 못하고 그 노래를 부른 것이다.

그 노래가 어떤 노래인가. 한때는 누구나 한 번씩은 따라 부르던 노래였다.

현호가 대중가요에 큰 관심은 없었어도 그 노래를 따라 부르고 기억하는 이유도 그 때문이었다.

그런데 그걸 지금 불렀다.

"우와와!"

짝짝짝! 짝짝짝!

이제야 환호와 박수갈채가 쏟아졌다.

"현호야, 그 노래 뭐야?"

장라희가 크게 외쳐 물었다.

현호는 당황스러웠다. 전혀 예상하지 못한 일이었다.

그가 그저 혀끝으로 입술만 적시며 서 있자 사회자가 학생들을 진정시켰다.

"워, 워! 이거, 이거, 밤의 열기가 뜨거워집니다."

사회자는 능수능란한 손짓과 함께 학생들을 주르르 바라봤다.

"자 그럼, 최고의 남학생의 노래를 들었으니, 이제는 여학생 차례죠? 이번에는 누가 있을까요? 우리 남학생이 한번 선택해 볼까요?"

사회자가 마이크를 내밀었다. 현호는 얼떨결에 마이크를 붙잡았다.

"과연 최고의 남학생이 선택한 최고의 여학생은 누구죠?"

누구를 선택할까.

현호는 잠시 학생들을 주르르 바라봤다.

장라희와 잠시 시선이 마주쳤지만 현호의 시선은 그녀를 지나한 곳에 멈췄다.

황주혜.

서로의 눈이 마주친 순간, 황주혜의 눈이 대뜸 커졌다.

그 눈은 나를 선택하면 죽여 버린다고 말하고 있었다.

'훗.'

현호는 최혜담에게서 황주혜가 교회 성가대에 있었다는 얘기를 들은 기억을 떠올렸다.

그의 걸음이 그녀에게 점점 다가가자 황주혜의 얼굴이 죽을상으로 변하고 있었다.

"우리 내국세학과의 차도녀, 황주혜."

현호의 목소리가 마이크를 타고 울려 퍼졌다. 황주혜는 그가 결국 자신을 지목하자 볼이 빵빵해졌다.

곧바로 손을 휘젓는 그녀.

"황. 주. 혜! 황. 주. 혜!"

눈치 빠른 사회자의 연호.

그러자 다들 사회자를 따라서 황주혜를 연호하기 시작했다.

현호는 그녀에게 다가가 손을 내밀고 속삭였다.

"혜담 선배가 너 성가대에 있었다던데?"

"난⋯⋯."

"할 수 있잖아. 까짓것 한번 보여줘. 내가 황주혜다, 하고 말이야."

현호는 미소와 함께 손끝에 힘을 주었지만 황주혜는 망설였다. 그 모습에 무리였나 싶어 손을 내리려는 찰나, 황주혜가 현호의 손을 툭 쳐내고 일어났다.

"줘."

그녀는 마이크를 꾹 쥐고는 모닥불에서 멀어졌다. 아예 어둠 속으로 숨을 작정인 듯 보였다.

현호는 그녀의 자리에 앉으며 어둠을 응시했다.

'괜히 시켰나.'

못할 짓을 시킨 것 같아 살짝 미안함이 들려는 찰나였다.

"나는 사랑에 빠⋯⋯."

황주혜의 목소리가 울렸다. 그 순간에 현호는 넋이 나가 버렸다. 그녀의 목소리는 사랑을 노래하고 있었다.

사랑에 빠져 버렸고, 빠져 버린 그 사랑에 당황한 소녀의 마음을 노래하고 있었다.

　너무도 곱고, 너무도 아름다운 목소리였다.

　노래가 모두 끝났을 때, 현호 때와 마찬가지로 다들 얼이 빠져 버렸다. 자신들이 그동안 봐왔던 황주혜가 맞나 싶은 것이다.

　짝… 짝! 짝!

　현호가 박수를 쳤다. 그러자 삽시간에 박수 소리가 사방을 꽉 채웠다.

　"황주혜, 최고다!"

　누군가 목청껏 외쳤다. 여기저기서 그녀의 노래를 칭찬했다.

　그렇게 밤이 깊어지고 있었다.

　　　　　＊　　　　　＊　　　　　＊

　"으아아! 슈파슈파슈파!"

　술에 취한 미친놈이 또 나타났다.

　현호는 광란의 밤이 훑고 지나간 이들을 뒤치다꺼리하느라 죽을 맛이었다.

　대학생들이라서 그런지 조교들도 술을 마시는 것에 대해 크게 터치하지 않았다.

　심지어 좀 전에 슈파슈파를 외친 그 인간이 과대다.

　"형, 그만 들어가세요."

　현호는 자신을 도와주는 방호식에게 쉬라고 종용했다.

"너나 가서 애들이랑 놀아. 술도 좀 마시고."

"됐어요, 술은 무슨."

"너, 술 잘 마시잖아?"

"그냥 맥주나 가끔 홀짝이는 거죠."

자작하는 사람치고 떡이 되도록 마시는 사람은 드물다.

현호는 이따금 홀로 맥주를 마시며 달뜬 얼굴로 밤바람을 쐴 뿐이었다.

"아, 이 누나는 왜 이렇게 무거워."

현호는 방호식의 도움으로 여학우를 등에 업고 그녀를 숙소로 옮겼다. 그렇게 남자들과 여자들을 분리하고서야 방호식도 한곳에 자리를 잡을 수 있었다. 한데 좁은 구석으로 가는 게 아닌가.

"으영차!"

현호는 떡이 된 남자들을 힘으로 밀어붙여서 공간을 넉넉히 만든 뒤, 이불까지 폈다.

"야, 나 괜찮아. 안 그래도 돼."

"고생했으면 보상을 받아야죠."

현호가 픽 웃고 남자 숙소를 빠져나오는데, 주 교수가 복도를 거닐고 있었다. 학생들이 잘들 있나 살피는 듯했다.

"차현호."

"예, 교수님."

현호는 뜨끔해서 주 교수를 향해 달려갔다.

주 교수의 트레이드마크인 흰 수염이 복도의 비상등에 비쳐 초록색으로 물들었다.

"1학기 때는 봐줬지만, 2학기는 어림도 없네."

"잘 알고 있습니다."

현호도 그 점을 염두에 두고 1학기에 최대한 많이 돌아다니려고 노력했다.

이미 한 번 대학 과정을 거쳐 본 그였다.

대부분의 대학 신입생은 1학기에 놀기 바쁘며, 교수들은 해마다 보는 풍경인지라 그 점을 어느 정도 용인하는 편이었다.

부모님들이 등골 바쳐서 낸 등록금은 대학 축제의 밤하늘을 수놓는 한 줌의 불꽃으로 날아갈 뿐이다.

"친구들을 만나러 돌아다니는 것도 좋지만, 멀리 있는 친구들을 챙기기 전에 가까이에 있는 이들부터 챙기게. 그게 순서일세."

주 교수가 조언을 건넸다. 현호는 잠시 생각한 뒤에 고개를 끄덕였다.

"예, 명심하겠습니다."

"내가 지켜볼 거야."

"예."

주 교수가 등을 보이고 사라지자 현호는 운동장으로 발길을 돌렸다.

'후⋯⋯.'

운동장에는 꺼져 가는 모닥불에서 불씨가 피어오르고 있었다. 마치 반딧불 같아 보인다.

잠시지만 다가오는 여름의 바람을 느끼며 현호는 지그시 눈을 감았다.

'하⋯⋯.'

코끝에 맴도는 아카시아 꽃 향기와 모닥불의 탄내가 나쁘지 않았다.

지금 현호의 머릿속에는 두 개의 추억이 공존하고 있었다.

하나는 이전 삶의 청춘이었고, 하나는 지금 삶의 청춘이었다.

이것은 행운일까, 저주일까. 아니면 운명일까.

그 누구도 답을 해줄 수 없는 일이었다.

구름 뒤에 가려져 있던 달이 나타나자 운동장이 그나마 환해졌다.

숙소로 돌아가려고 뒤돌아서던 현호가 걸음을 멈췄다.

"응?"

저 운동장 구석에 있는 사람은 누구인가.

"황주혜?"

가까이 다가간 현호는 술에 취해 눈이 반쯤 감긴 그녀의 모습을 보고 얼굴을 찌푸렸다.

"어쩐지, 아까 실컷 마시고 사라지더라니."

황주혜는 사람들이 주는 술을 잘도 받아 마셨다.

그녀에게 있어 어차피 다들 언니, 오빠다.

황주혜가 한 꺼풀만 자신을 벗기고 고개를 숙이면 무턱대고 그녀를 미워할 사람은 없었다.

단지 그녀가 스스로를 지키기 위해 지닐 수밖에 없었던 배타적인 행동 때문에 여태 관계가 소원했을 뿐이다.

하지만 다행히도 지난번의 조별 과제와 이번 엠티를 거치면서 그녀도 나름 언니, 오빠들에게 귀여움을 받기 시작하는 것 같았다.

"야, 정신 좀 차려."

"이… 게 누구야? 싸. 가. 지. 아닌가?"

현호는 어이가 없었지만 일단 참고 들어줬다.

"그래, 나 싸가지다. 그러니까 들어가서 자자."

그러자 황주혜가 갑자기 손을 뻗어 현호의 양 볼을 꽉 쥐었다.

"이 재수 없는 자식!"

"너 지금 뭐 하는 거야? 이거 안 놔?"

"안 놓을 건데?"

황주혜가 간죽댄다. 술에 취해 눈이 풀린 지 오래였다.

"놔! 놓으라고 했어."

"야, 차현호."

이번에 그녀는 간죽이던 것을 멈추고 현호의 눈을 게슴츠레 바라봤다.

"왜에?"

"재수 없게……."

"알아, 나 재수 없는 거."

"…잘생긴 자식."

"뭐?"

진짜 제대로 마신 듯했다. 현호는 그녀를 업으려 등을 돌리려고 했다. 그런데 갑자기 그녀의 볼이 부풀었다.

"우욱!"

현호가 냉큼 한 발 물러나기 무섭게 그녀가 속에 든 걸 게워 내기 시작했다. 땅바닥에 고이는 누런…….

"으으!"

현호는 이를 꽉 깨물고 그녀를 향해 집게손을 뻗었다.

토사물이 묻지 않게끔 그녀의 머리카락을 집어서 들어 올려 줬다. 그 상태로 그녀의 등을 툭툭 두드렸다.

"으이구, 등신아."

"우욱."

얼마나 먹고 마셨는지 아주 한강이다.

"너, 내가 아까 그렇게 먹을 때부터……."

황주혜에게 핀잔과 타박을 주던 현호는 더 이상 얘기를 할 수가 없었다.

그리고 잠시 뒤, 황주혜가 현호의 입술에서 자신의 입을 떼고 '헤' 하고 웃었다.

지금, 현호는 토사물을 쏟아내던 그녀에게 강제로 입맞춤을 당한 것이다.

"이… 미친… 년아."

"헤……. 복수 성공."

픽 쓰러진 황주혜.

현호는 덜덜 떨리는 손으로 자신의 입술에 손을 가져갔다.

손끝에 만져지는 밥풀.

"으아아!"

최악의 엠티로 기억되는 순간이었다.

*   *   *

1994년 11월, 국립세무대학교.

대학 생활은 빠르게 흘러갔다.

현호의 지난 2년은 때로는 치열했고, 때로는 행복했다.

1학년 때의 자잘한 갈등 이후, 모두가 한데 어울렸고, 또 모두가 동료이자 친구였다.

물론 그게 전부일 수는 없었다. 방호식은 사법고시를 보겠다고 학교를 그만뒀고, 장라희는 휴학을 했다.

하지만 대부분의 세무대학 학생은 즐거운 시간을 보냈다.

축제, 체육대회, 엠티, 학사의 밤……

때로는 공부에 열정을 쏟고, 때로는 노는 데 열정을 쏟았다. 흔한 대학생들처럼 젊음을 만끽했다.

세무대학은 2년제 특수 목적 대학이다. 그리고 어김없이 그 끝이 다가왔다.

2학년 겨울방학이 되자 익숙한 얼굴들이 기숙사에서 하나둘 안 보이기 시작했다.

운동장은 때 이른 눈으로 인해 새하얗게 번했고, '호' 하고 뿜은 입김은 마법 가루처럼 하늘 위로 흩어졌다.

"하……"

현호 역시도 이제 기숙사를 떠날 준비를 하고 있었다.

"아, 주 교수님……"

며칠 전 주 교수는 내년 1학년의 모의 세무조사를 위해서 준비한 사례들을 현호에게 검수해 두라고 했었다.

보통은 좀 더 나중에 해도 될 것을 현호가 졸업하면 못 시킨다고 그 전에 해놓고 가라고 시킨 것이다.

"조교에게 시키지. 내가 아주 발목을 붙잡혔어."

현호는 투덜대며 학교 건물로 향했다. 빈 강의실, 그리고 복도를 지났다.

왠지 모르게 가슴이 저려온다.

다시는 오지 않을 시간, 이제 곧 떠나보내야 할 장소.

현호는 유독 천천히 복도를 가로질렀다.

이따금 아직 학교에 남은 여학생들이 현호를 스쳐보며 지나갈 때면, 오늘만큼은 현호도 그들과 눈을 마주치고 먼저 인사를 건넸다.

끼이익, 덜그럭.

"아… 조교, 이 자식."

문이 뻑뻑하니 그리스(Grease)라도 발라놓으라고 했거늘.

현호는 주 교수의 사무실 구석에 챙겨뒀던 공구함을 찾아서 그 안에서 그리스를 꺼냈다. 그러고는 문에 꼼꼼히 칠하고 다시 한 번 문을 여닫아봤다.

"오케이."

부드럽게 닫히는 것을 확인하고서야 소파 앞 테이블에 놓인 자료들을 살폈다.

혼자뿐인 적막감을 뒤로하고 집중해서 자료들을 읽어 내려갔다.

지난 2년 동안, 현호는 자신의 지식을 좀 더 탄탄히 할 수 있었고, 1단계부터 3단계까지의 능력을 좀 더 자유자재로 사용할 수 있었다.

게다가 사람뿐 아니라 장소, 서류 등에서도 문제점을 발견할 수 있었다.

이는 현호의 시야에 들어온 정보들이 머릿속에서 자리를 잡으면서 무의식중에 이해의 또 다른 형태로 남는다고 추측할 수 있었다.

"후… 다 했다."

시계를 보니 15분이 흘렀다.

3단계 능력을 쓰면서 자료들을 훑어봤고, 꽤 집중해서 봤다. 특별히 문제가 있는 부분은 없었다.

"흠……."

현호는 조금 지끈거리는 이마를 꾹 누르고 자료들을 한데 모았다.

이어 자리에서 일어나려던 중에 그는 멈칫했다.

주 교수의 사무실의 문 옆에 대형 거울이 걸려 있었는데, 그곳에 자신의 모습이 비치고 있었기 때문이다.

현호는 소파에 앉은 채로 거울에 비친 어린 차현호의 모습을 바라봤다.

"잘생겼다."

스스로 내뱉은 말에 픽 웃음이 나온다.

특별한 일이 없는 한, 그는 이제 세무 공무원이 될 것이다.

한때는 그토록 씹어대고, 그토록 비위를 맞춰줬던 갑들의 세상에 발을 들이는 것이다.

연수에서 성적이 좋으면 원하는 곳으로 보내준다고 했으니 처음에는 강남이나 강북으로 가볼 생각이었다.

'이제, 운동화도 안녕인가.'

공무원이 되면 운동화도, 청바지도, 청재킷도 당분간은 안녕일 것이다.

　현호는 고개를 숙여 자신의 발을 바라봤다.

　운동화는 구두로, 청바지는 감색 바지로, 청재킷은 검은색 재킷으로 바뀌고, 목에는 넥타이가 매어진다.

　"그래, 요즘은 어떤가?"

17장

월연(月緣)

1995년 10월, 국립세무대학교.

"그래, 요즘은 어떤가?"

모락모락 피어오르는 찻잔 속 증기 사이로 주 교수의 얼굴이 보였다.

"늘 그렇죠, 뭐."

현호는 옅은 미소를 띠고서 주 교수의 책상이 등지고 있는 유리창을 향해 고개를 돌렸다.

학교에 들어올 때만 해도 비가 한 방울씩 내리더니, 이제는 본격적으로 쏟아지고 있었다.

'비 내음.'

이전 삶에서는 비가 오면 이따금 차 안에서 클래식 음반의 피아노 선율에 취하고는 했다. 그래서 일기예보에 비가 온다고 하면 하루 종일 뭔가에 취한 듯 차를 끌고 교외지로 나갈 생각을 했었다. 그런데 이제는 비가 오면 자꾸만 한 사람이 생각난다.

"교수님은 어떠세요?"

현호가 대학을 졸업한 지 겨우 한 해가 지났을 뿐이지만 주 교수의 얼굴이 많이 쇠한 듯했다.

"올해까지만 교단에 서려고… 슬슬 은퇴를 준비 중이네."

"그러시군요."

현호는 천천히 고개를 끄덕였다. 말릴 생각도, 위로의 말을 건넬 생각도 없었다. 아니, 주 교수는 제자들에게 그럴 시간도 주지 않을 것이다.

삶에 있어 일이 전부는 아니다. 가정도 있고, 개인의 행복도 있을 것이다.

하지만 남자의 삶은 일이 반평생 아닌가.

"많이 적적하시겠어요."

그 반평생을 힘차게 달려온 주 교수가 일을 그만둔다면 그만큼 찾아오는 공허함도 클 것이다.

"아내하고 여행이나 다닐까 하네."

"어디로 가실 건데요?"

현호의 질문에 주 교수는 마치 그날이 오지 않을 것처럼 눈을 지그시 뜨고 허공을 바라봤다.

"아내 생일이 9월이거든……. 내년 그맘때쯤에는 지리산에 들렀다가 강릉이나 가볼까 하는데."

현호는 주 교수의 얘기에 고개를 살짝 숙여 미간을 찌푸렸다. 그리고 다시 고개를 들었을 때는 눈가에 주름을 지고 말했다.

"강릉은 가지 마세요."

"응?"

"제 말 들으세요. 내년에는 강릉 근처도 가지 마세요."

주 교수는 이유를 물으려 입을 반쯤 벌렸다가 다시금 다물었다.

그가 알기로 이 특별한 제자는 허언을 하는 인물이 아니었다. 지금까지 그의 인생에서 자신을 놀라게 한, 몇 안 되는 인물이기도 했다.

"알겠네."

주 교수의 대답에 현호는 만족한 듯 미소를 지으며 끄덕였다.

'1996년 9월.'

강원도 강릉에 무장 공비가 침투한다.

그 사건으로 인해 많은 사상자와 부상자가 생긴다.

사건을 미연에 막을 수는 없다.

현호는 그 같은 생각을 감히 꿈도 꾸지 않았다.

일어나서는 안 되는 끔찍한 일들이라도 그가 감히 타인의 생과 사를 결정할 수는 없었다. 또한 섣부른 행동으로 말미암아 그 어떤 것도 예측할 수 없는 미래가 찾아올지도 모른다.

그러니 안타깝지만, 너무 안타까운 일이지만……

물론 현호는 자신과 관계있는 이가 그런 일에 휩싸이게 된다면, 이란 가정을 떠올려 봤다.

그것만은 자신이 없다. 이는 냉철함과는 다른 이야기다.

그런 냉철함까지 가지게 된다면 현호는 자신이 괴물이 될지도 모른다는 생각을 했다.

주 교수에게 힌트를 준 이유도 그 때문이었다.

"부가로 갔다고?"

현호는 강남세무서 부가가치세과에서 근무하고 있었다.

"예. 강남 일대는 뭐, 제가 꽉 잡고 있습니다."

"하하하, 과연 우리 차 조사관의 활약이 어떨지 짐짓 궁금하구만."

"훗, 교수님도 참."

"근데 국수는 언제 먹게 해줄 건가?"

"예?"

"뭘 그렇게 놀라나?"

"아니, 교수님. 저 아직 군대도 안 갔습니다. 여자도 없고요."

"군대야 천천히 가면 되는 거고… 자네, 황주혜와 사귀는 것 아니었나?"

"예에?"

뜨악!

"아니, 자네 동문들은 다들 그렇게 알고 있는데?"

대체 무슨 얘기를 하시는 건지.

"아닙니다, 교수님."

현호는 두 손을 가로저었다. 그동안 황주혜를 겪으면서 알게 된 것은, 그녀야말로 또라이 중에 상또라이라는 것이다.

그녀와 말을 트고 난 뒤로는 걸핏하면 그를 걷어차고, 일을 부려먹을 생각을 하고, 욕도 거침이 없었다.

물론 그러한 변화는 현호가 일조한 부분도 없지 않아 있었다.

황주혜가 180도 달라진 것은 대학 1학년 때의 모의 세무조사 이후였으니 말이다.

"그럼 가보겠습니다."

"그래, 나중에 보지."

현호는 깍듯이 작별 인사를 하고 주 교수의 사무실을 빠져나왔다.

학교 입구에 설치된 공중전화를 지나치려다 주머니에 손을 넣어 작은 전화기를 꺼냈다.

바로 그 유명한 세티폰이다.

"차현호입니다!"

―아, 차 조사관님. 지금 어디세요? 아니, 오늘 저하고 점심 드시기로 했잖아요!

"기억하고 있죠. 바로 갑니다."

현호는 통화를 끝내고 세티폰을 주머니에 밀어 넣었다. 씨익 올라간 입꼬리 사이로 하얀 이가 드러난다.

"자, 수금하러 가볼까."

＊　　　　＊　　　　＊

"아, 담배가 떨어졌네."

비싼 중국 음식으로 배에 제대로 기름칠한 현호가 허리를 펴고 일어서며 담배를 찾았다. 그러자 세무사가 입꼬리를 씩 올리더니 담배 한 갑을 건넸다.

"제 거 피우세요."

"아니, 뭐, 담배야 제가 사면 되는데."

그렇게 말은 하면서도 슬쩍 담뱃갑 속을 들여다보니 초록색

이파리가 가득했다.

"그럼 잘 태우겠습니다."

현호가 거드름을 피우며 앞장서 중국집을 나서자, 뒤를 따르는 세무사의 얼굴이 찌푸려졌다.

차현호, 이놈만 만나면 돈이 술술 나가기 때문이다.

'염병할 자식.'

세무사가 계산을 끝내고 밖으로 나오니 현호가 담배 한 대를 입에 물고 있었다. 좀 전에 건넨 담배는 아닐 터.

"그럼 살펴 가십시오."

허리를 숙여 인사를 하는 세무사의 모습에 현호 역시 깍듯이 마주 인사하고 발길을 돌렸다.

현호는 정류장에서 버스를 기다리며 담뱃갑을 살폈다.

"에계, 20만 원?"

하여간 빨리 오만 원권이 발행되든지 해야지.

여하튼 돈을 주머니에 찔러 넣고 세무서로 돌아온 현호는 곧장 부가가치세과로 향했다. 오전 연차만 썼는데 지금 시간이 오후 2시.

'아무도 없군.'

슬쩍 자리로 돌아가려는 때였다.

콰직.

현호의 귀를 누군가 붙잡았다. 돌아보지 않아도 누군지는 알수 있었다.

"너, 이놈 자식."

오석 조사관이다.

후배들 꽉 잡기로 소문이 난 선배였다. 하필이면 현호의 사수이기도 했다.

"오늘은 누구랑 점심 먹었냐?"

"아, 선배님… 좀 놓고."

"이 자식이."

오석이 눈을 찌푸리자 현호는 억지웃음을 띠고 말했다.

"누구랑 먹긴요. 그냥 라면으로 때웠어요."

"내가 믿을 것 같냐?"

당연히 믿으면 바보겠지.

"아, 선배님, 선배님."

현호가 재차 하소연하자 그제야 오석이 붙잡은 귓불을 손에서 놓았다.

"네 자리에 내가 선물 올려놨으니까, 오늘까지 그 선물 풀어서 봐."

"예?"

"그리고 너, 다른 과 좀 기웃거리지 마. 똥 마려운 개도 아니고 소득세과, 법인세과 기웃거리지 않는 데가 없어. 여기가 네 놀이터야?"

"예, 조심하겠습니다."

"아무튼, 잘 풀어보거나."

의미심장한 말을 남기고 뒤돌아선 오석.

현호는 자신의 책상 앞에 서고서야 그가 말한 선물을 알 수 있었다.

'또?'

그것은 산더미 같은 일거리였다. 그리고 그 위에 메모 한 장이 올라와 있었다.

다 확인하고 집에 갈 것!

"미쳤나……."

너무 어이가 없어서 혼잣말을 속삭이고 말았다.

벌써 몇 번째인가.

현호가 아닌 다른 이였다면, 이렇게 산더미같이 쌓인 서류를 처리하기 위해선 밤을 꼬박 새워야 할 것이다.

'아주 그냥 제대로 찍혔네.'

찌푸린 얼굴로 현호는 서류를 집었다.

신규 개업한 옷 가게의 부가세 환급 신고서, 폐업한 사업자의 폐업 부가세 신고서, 동네 마트의 부가세 신고건 등등 종류도 다양하다.

좀 더 훗날에는 컴퓨터로 딱딱 검색하면 금방 끝날 일들이지만 지금은 일일이 확인을 거치는 노가다를 해야 한다.

"이놈의 마트……."

그중에서도 동네 마트 건이 압권이라고 할 수 있었다.

손으로 쓴 매입세금계산서 합계표에는 수많은 거래처의 상호, 사업자 등록번호, 공급가액, 세액 등이 십여 장에 걸쳐 있어 하나하나 검토해야 했다. 그래서 마트는 조사관들의 기피 업체 1호이기도 했다.

결론인 즉, 이건 한마디로 집에 가지 말라는 얘기였다.

그때 현호의 곁을 지나던 또 다른 선배가 웃으며 말을 걸었다.

"너 오늘 또 죽어나겠다."

박승아 조사관.

현호보다 2년 선배에 미혼이다.

"아, 이거 너무하는 거 아니에요?"

"나한테 얘기해서 뭐해? 오 조사관님에게 가서 말해. 아니면 내가 말해줄까? 차현호가 그러던데요. 아, 이거 너무 하는 거 아 네요, 라고?"

"선배."

현호는 체념하고 고개를 휘휘 저으며 박승아를 뒤로하고 서류를 바라봤다. 그러자 박승아가 그의 등을 팡 하고 내려쳤다.

"너 그렇게 까불고 돌아다니다가 진짜 혼난다, 응?"

선배는 선배라 이건가.

"알겠습니다. 주의하겠습니다."

"훗."

픽 웃으며 등을 보이는 그녀를 뒤로하고 현호는 서류들을 살피기 시작했다.

＊　　　　　＊　　　　　＊

"요거, 요거, 요거."

저녁 7시.

나들 퇴근하고 혼자 남은 적막한 사무실에서 현호는 서류들을 분류하고 있었다.

한 번이라도 같이 밥을 먹은 세무사가 관리하는 사업장은 적당히 넘기고, 나머지 서류들 중에서 눈에 띄는 문제가 보이는 사업장을 골랐다.

그렇게 고른 사업장이 여섯 군데.

현호는 책상에 놓인 전화기를 붙잡았다.

그리고 곧바로 해당 사업장에 직접 전화를 걸었다.

"아, 강남세무서 차현호 조사관입니다. 사장님과 통화 가능합니까?"

—예, 무슨 일이시죠?

"이번에 부가세 신고된 자료에 문제가 있어서요."

—그럴 리가요. 저희 세무사님이 확인한 건데요?

"그러게요. 작성하시면서 뭔가 착오가 있거나 그런 거겠죠. 저희도 정상적인 걸로 이렇게 전화드릴 일은 없잖아요?"

—아, 그거야 맞죠……. 죄송합니다.

현호가 살짝 목소리에 힘을 주자 곧바로 업주의 목소리가 낮게 가라앉았다.

"아무튼, 다시 전화드릴 테니까 그때 소명하시면 됩니다."

—예.

"그럼 끊겠습니다. 저는 강남세무서 부가가치세과 차현호 조사관입니다."

현호는 친절히 제 이름을 다시 알려주고 전화를 끊었다.

그렇게 여섯 군데 모두 전화를 걸고는 긴 하품을 이었다.

"후……."

지금 현호는 서류 문제 때문에 전화를 한 것이 아니었다.

그랬다면 납세자보다는 담당 세무사에게 직접 전화를 걸어 확인하는 게 빨랐을 것이다.

이는 새로운 관계 확보를 위해서였다.

납세자는 가능한 담당 세무사가 알아서 처리해 주기를 바란다.

그런데 예기치 않은 세무서의 전화를 받게 되면 이 당연한 기대감은 사라지고 불안감이 피어오른다.

결국은 납세자를 쪼면 담당 세무사에게 전화가 가게 돼 있고, 담당 세무사는 알아서 세무서를 찾아오게 돼 있는 법이다. 그리고 대개는 전화의 의도를 알고서 찾아온다.

물론 공무원마다 차이가 있겠지만, 이런 별 볼 일 없는 거추장스러움이 어떤 공무원에게는 재산 형성에 큰 도움을 주기도 한다.

'그리고…….'

현호는 빈 메모지를 꺼내 업장 이름 하나를 적었다가 다시 볼펜으로 죽죽 그어버렸다.

사업장의 이름은 '월연(月緣)'이라는 한식당.

하지만 현호는 그곳의 자료를 볼 수가 없었다.

보통은 동 단위로 담당 지역이 쪼개지는데, 월연의 경우 이상하게 한 사람이 관리하고 있었다.

월연의 관리자는 오석.

게다가 월연은 말만 한식당이지 '요정(料亭)'이라고 봐야 했다.

문제는 그 배경이다.

식당 이름처럼 이곳에는 정부 주요 인사들뿐 아니라, 숱한 기업인이 오간다.

재밌는 것은 월연의 출입구가 양쪽으로 나뉘져 있으며, 식당 내부도 반으로 갈린 구조라는 점이다. 한쪽은 일반인, 다른 한쪽은 VIP 거물들이 식사를 하는 곳이다.

들리는 소문에는 이곳에서 대한민국이 움직인다는 얘기도 있다.

현호는 지금 그곳을 지켜보고 있었다.

＊   ＊   ＊

4일 후, 장미모텔.

"선배 씻을 거예요?"

현호는 재킷을 벗으며 박승아를 바라봤다. 그러자 그녀가 말없이 그를 빤히 쳐다보더니 성큼성큼 다가왔다.

"왜요?"

"이 자식이!"

박승아는 갑자기 팔을 올려 현호의 뒤통수를 내려쳤다.

"일하러 왔는데 씻긴 뭘 씻어!"

장미모텔은 항상 세금 신고가 적은 편이었다.

드문 경우지만 그 때문에 오늘은 직접 현장 조사를 나온 것이다.

보통은 밖에서 모텔을 드나드는 손님 수를 세거나 수도세를 확인하는 편인데, 지금은 내부 시설 확인차 박승아와 모텔에 들어온 현호였다.

"아, 선배, 자꾸 그렇게 폭력 쓰는 거 버릇이에요."

현호의 투덜거림에 박승아가 달려와 헤드록을 걸었다.

그녀는 여자임에도 행동에 거침이 없었다.

현호가 연수를 마치고 강남세무서에 발령 난 지도 5개월이 지났다. 그사이 서로가 꽤 친해진 편이었다.

한번은 그녀가 아버지 없이 자라서 힘들었다는 속 얘기를 꺼낸 적도 있었다.

"이 건방진 자식이 선배한테!"

"적당히 놀자고요."

현호는 그녀를 단숨에 들어 올렸다.

'앗!'

하지만 현호는 발을 헛디뎌 얼떨결에 침대에 그녀를 눕히고 말았다. 덕분에 서로의 코끝이 닿을 정도가 되자 눈동자와 눈동자 사이가 불과 종이 한 장 차이였다.

"어쭈?"

눈 한 번 깜빡이더니 박승아가 현호를 밀어냈다. 힘 하나 없는 손길이었지만 현호는 그녀에게서 빠르게 물러났다.

그러고는 가라앉은 공기 사이를 거닐며 모텔을 둘러봤다.

모텔 침대 시트는 깨끗했고, 화장품은 바닥을 보이고 있었다.

평범한 상태에서 가볍게 한 번 훑는 것만으로 머릿속에 각인되지만, 현호는 좀 더 세밀하게 공간을 담기 위해 미간을 찌푸렸다.

'2단계.'

순식간에 모텔 방이 고스란히 현호의 머릿속에 심어졌다.

'3단계.'

흔적이 보인다.

아무리 청소하고 치웠다고는 하나 머리카락에서부터 손톱, 발자국, 심지어 침대 곳곳에는 남녀의 흔적 등이 명확히 두드러져 보였다.

"근데 선배."

현호는 머리에 들어온 난잡한 정보들에 두통을 느끼며 화장대 의자에 앉아 박승아를 바라봤다.

"왜?"

어차피 대실을 했으니 3시간은 있다 나가야 했기에, 박승아는 한가득 일감을 가져온 가방에서 서류들을 꺼내며 살짝 하품을 하고 있었다.

"선배, 월연(月緣) 아시죠?"

"월연?"

현호보다 짬밥이 찬 박승아가 월연에 대해 모를 리가 없었다.

하지만 그녀는 여전히 서류에 집중하고 있었다. 안경 콧대를 매만지며 그녀가 보고 있는 서류는 성형외과 자료였다.

"거긴 왜?"

그녀가 잠시 서류를 내려놓고 현호를 마주 봤다.

"그 월연 주인이 누군가 해서요."

"세무서 들어가면 신고서 찾아봐."

"에이, 월연 자료는 오 조사관님이 관리하시잖아요. 그리고 어차피 명의대여일 거 뻔한데. 선배는 정말 몰라요? 소문은 있던데?"

현호의 질문에 그녀는 크게 생각하지 않고 다시 서류를 향해 고개를 돌리며 말했다.

"너… 까불고 다니는 거 알고는 있는데, 혹여나 거긴 건들 생각하지 마. 워낙 고위 인사들이 많이 드나드는 곳이라서 건들면 진짜 다쳐."

"…예."

마지못해 대답하자 박승아는 잠시 고개를 들어 그를 뚫어지게 바라봤다. 못 미덥다는 시선이다.

3시간이 지나자 현호와 박승아는 모텔을 빠져나왔다.

"선배, 출출한데 뭣 좀 먹죠?"

"그러자. 내가 사줄게. 뭐 먹고 싶어?"

"정말요?"

"응, 뭐든 말해. 나는 라면 먹을 거거든?"

그 말은 너도 라면을 먹어라 하는 것과 진배없었다.

"에이."

현호는 입맛을 쩝 다시며 고개를 가로저었다. 픽 웃는 박승아를 앞서서 모텔 입구를 나오는 때였다.

"현호야?"

이런.

태권도다.

＊　　　　＊　　　　＊

—오빠, 올 때 붕어빵 사 와. 안 사 오면 들어오지 마.

삐삐에 남겨진 음성 메시지를 듣자마자 스트레스가 밀려온다.

"이 미친년은 가을에 누슨 붕어빵이야?"

현호는 공중전화 부스에서 나와 긴 한숨과 함께 턱을 쓸어내렸다.

좀 아까 모텔을 나올 때, 우연찮게도 태권도를 마주쳤다.

하지만 상황을 설명할 겨를도 없었다.

태권도는 다짜고짜 현호에게 주먹을 날렸고, 어처구니없는 녀석의 행태에 졸지에 이상한 상황에 놓인 현호였다.

반면 박승아는 깔깔거리며 웃느라 난리였다.

현호는 생각을 뒤로하고 걸음을 재촉했다. 마치 누군가에게 쫓기기라도 하듯 골목과 골목 사이를 이동했다.

신호등을 건너 상가 골목으로 들어가자 여기저기서 배를 자극하는 냄새가 흘러들었다.

곱창집, 삼겹살집, 닭갈비집, 온갖 음식 냄새가 풍기는 그곳을 가로질러 들어가자 사람이 빼곡히 찬 음식점이 나타났다. 현호는 그곳으로 들어갔다.

"예약했는데요, 강창석이라고."

현호의 말에 음식점 종업원이 방으로 안내했다.

그곳에는 한 무리 남자가 먼저 와 있었다. 정장 차림의 현호와는 달리 다들 행색이 제멋대로였다.

"형!"

현호가 들어가자 다들 일어나 반겼다. 그들은 제일 상석으로 현호를 안내했다.

"누구 안 온 사람 있냐?"

현호는 앉아 있는 십여 명의 인원을 바라보며 물었다.

"두진이는 지금 아르바이트 중이라서 30분 이따가 끝난대요."

한두진은 이곳 식당에서 일을 하는 아르바이트생이다.

"그래? 자, 그럼 먼저 먹자."

여기 모인 이들은 다들 현호보다 어린 친구들이었다. 그러니 한창 배고플 나이였다.

고기가 자글자글 익어가는 소리를 들으며 현호는 제일 가까운 자리에 앉아 있는 어린 친구를 향해 물었다.

"창석아, 그 친구는?"

"예, 좀 있으면 올 거예요. 걔도 일하는 중이라서."

인원이 제법 많아서 삼겹살 20인분을 시켜도 모자랐다.

하지만 돈 걱정은 없었다. 오늘 받은 게 있으니 말이다.

"근데 두진이 왜 안 와?"

현호가 다시 물었다. 식사를 시작한 지 30분이 지나도 오질 않고 있었다.

"제가 가서 불러올까요?"

"됐다."

괜히 일하는 애 끌고 와서 불편하게 만들 필요는 없었다.

현호 일행이야 다 먹고 가면 그만이지만 두진이는 이곳에서 계속 일을 해야 한다.

마침 문이 열렸다. 두진이인가 싶었지만 아니었다.

"저 친구예요."

들어온 이를 향해 창석이가 손을 뻗었다. 곧장 다가온 이는 덩치가 제법 있는 친구였다.

"인사드려. 우리들 챙겨주시는 분이야."

창석이의 소개에 현호는 피식 웃으며 손을 뻗었다.

"반갑다. 나는 강남세무서에 있는 차현호다."

"처음 뵙겠습니다. 저 월연에서 일하고 있는 홍만복이라고 합니다."

"홍만복이라고?"

"예, 창석이한테 말씀 많이 들었습니다. 저희들 챙겨주시는 분이라고."

이들과의 인연은 현호가 막 강남세무서에 발령이 났을 때로 거슬러 올라간다.

당시 현호는 오석의 지시에 따라 식당의 손님 수를 세고 있었다.

식당들이 현금 장사를 하면서 매출 누락을 일삼는 경우가 있는데, 직접 현장에 나가면 실사를 통해 매출의 오차 범위를 유추할 수 있기 때문이다.

그런데 현호가 식당 안에서 밥을 먹으며 한창 손님들을 체크하는 중에 창석이가 식당에 들어왔다.

그러고는 다짜고짜 허리를 숙이고 주인에게 사정하는 게 아닌가.

"사장님, 제발요."

"이 자식이, 여기가 어디라고 또 와!"

"일을 했으니까 돈을 주셔야죠."

"네가 여기서 깨먹은 접시가 몇 개인데? 그뿐이야? 배달하다가 오토바이 넘어뜨렸잖아?"

"오토바이 넘어진 거야, 사장님이 빗길에 억지로 떠밀어서 넘어진 거고, 솔직히 수리비도 얼마 안 나왔잖아요? 그런데 아르바이트비를 두 달치나 감하는 게 어디 있어요? 저 지금 치료비 때문에 모아놓은 돈도 다 썼어요."

창석이가 빌고 또 빌었는데도 사장은 흔들리지 않았다.

결국 사장의 갑질에 짜증이 난 현호가 직접 나서서 해결해 준 것이다.

그 뒤로 현호는 창석이로 인해 강남 일대에서 아르바이트를 하는 친구들과 인연을 맺게 됐다.

"그래, 월연에서 일한다고?"

"예, VIP 홀에서 일하고 있습니다."

"흠……. 거기 누가 오냐?"

현호의 질문에 홍만복은 잠시 머뭇거렸다. 그러자 창석이가 홍만복의 옆구리를 쿡 찔렀다.

"인마, 말씀드려. 이 형은 백 퍼센트 믿어도 되는 사람이야."

그제야 홍만복이 입을 열었다.

"연예인도 오고요, 국회의원들도 오고요."

이미 현호도 아는 사실이다.

"그럼 단도직입적으로 묻자."

"예?"

"거기 매출 누락 많이 하냐?"

"그건……."

"됐다. 대답 안 해도 돼."

이미 홍만복의 얼굴빛이 변하는 걸로 답은 나왔다. 어차피 확인할 필요도 없는 일이었다. 매출 누락 안 하는 식당이 어디 있는가.

그저 최소한의 과정을 거친 것뿐이다.

"근데 시키실 게 있으시다고……."

홍만복이 조심스럽게 다시 입을 열었다. 물론 녀석의 시선은 고기에 가 있었다.

"그건 나중에 얘기하고, 일단 먹어라."

"아, 예."

고기를 흡입하기 시작한 홍만복을 보며 현호는 큰 목소리로 아이들을 다독였다.

"더 먹고, 또 먹고, 우리 열심히 일하자. 오케이?"

"예!"

우렁찬 목소리에 이어서 현호가 담배나 한 대 피우려고 자리에서 일어났다. 그러자 창석이가 곁을 따라왔다.

"형님, 저도 같이 가요."

창석이는 유독 현호를 따랐다. 녀석의 낙천적이고 수더분한 성격이 마음에 들어서 현호도 그를 챙기는 편이었다.

"이모님한테 가서 고기 20인분 더 들여달라고 얘기하고 밖으로 나와."

"예."

현호는 창석이에게 애들한테 고기를 더 시켜주라고 말하고는 식당을 나왔다.

"후……."

담배 연기를 뿜으며 월연에 대한 생각을 이어갔다.

현호는 그동안 강남 내 여러 세무사를 만났다.

그들을 만나 얻은 수확은 '인사'보다는 '사실 정보'였다.

돈을 받은 것도 그들이 알아서 빠른 일처리를 부탁해 왔기 때문이고, 현호는 거부하지 않았을 뿐이다.

뭐, 그것은 중요한 게 아니다.

현호가 원하는 정보는 세무사들만의 세계에서 돌아다니는 소문이었다.

어떤 세무사가 어느 거래처에서 수수료를 얼마를 받았는지부터 시작해서 강남 내의 주요 사업장에 관한 정보들을 귀담아 들었다.

특히 '월연'에 관한 것은 매우 신중히 캐고 다녔다.

월연은 현호가 강남세무서에 왔을 때부터 타깃으로 잡은 곳이었다. 그 이유는…….

"형."

밖으로 나온 창석이의 얼굴빛이 좋지 않았다.

"왜?"

"두진이 점마, 제 꼴 났는데요."

"뭐?"

현호가 이마를 찌푸렸다.

"여기 사장이 돈 안 준대요. 다음에 준다고 차일피일 미룬 게 벌써 한 달이 지났대요. 그리고 수당도 제대로 안 쳐주면서 초과 근무시키고, 지금도 바쁘다고 일 계속하라고 해서 주방에 있어요."

"하……. 참 내."

어쩜 이렇게 세상은 변하지를 않을까.

어떻게 보면 참 재밌는 일이다.

문제 있는 인간들은 늘 한결같으니까. 오로지 자기 잇속밖에 모르고, 남 일은 신경도 안 쓰니 말이다.

"형이 좀 해결해 주시면 안 돼요?"

창석이가 현호의 눈치를 살피며 물었다.

"나 자원봉사자 아니다. 돈을 안 주면 때려치우든가, 아니면 대들든가. 저렇게 바보처럼 돈 한 푼 못 받고 주방에서 일하는 녀석을 내가 왜 도와주냐?"

"에이, 도와주실 거면서. 형~ 형!"

창석이가 넉살 좋게 현호에게 달라붙었다.

현호는 픽 웃어버렸지만, 이내 미소를 가리고 주위를 한번 둘러보며 입을 열었다.

"네 친구 만복이."

"예."

"걔 믿을 만하냐?"

창석이는 눈치가 있는 놈이다.

현호가 녀석을 마음에 들어 하는 또 다른 이유이기도 했다.

아무리 자신의 친구라도 녀석은 믿을 만한 놈과 믿지 못할 놈을 판단하며 친구를 만난다.

"그거야……."

어린 친구들일수록 여러 유혹에 빠지면 친구의 우정이라는 것은 뒷전이 될 가능성이 높다.

만약 홍만복에게 일을 시켰는데, 녀석이 현호를 배신하고 월연에 모든 걸 얘기해 버리면 계획이 물거품이 돼 버린다.

"작년에 만복이 어머니 돌아가실 때… 점마, 소년원에 있었어요."

"그래서?"

"제가 상주 노릇했어요."

그 말에 현호는 창석이를 다시 봐야 했다. 어리고 똑똑한 줄만 알았더니 의리도 있었다.

"그래, 알았다."

현호는 더 묻지 않았다. 고개를 끄덕이고 담배를 비벼 껐다.

창석이의 얘기가 완벽한 확신을 주는 것은 아니었다. 항시 믿을 게 못 되는 것이 사람이고, 예측하지 못한 변수는 늘 나타나게 마련이다.

"들어가요. 형도 좀 드셔야죠."

"그래, 가자."

다시 가게로 들어가기 전, 현호의 시선은 간판에 적힌 상호에 머물러 있었다.

＊　　　　＊　　　　　＊

점심 무렵, 부가가치세과에 들어온 낯선 남자가 현호의 책상으로 다가왔다.

"저기… 차 조사관님?"

현호는 의자를 돌려 남자를 바라봤다.

"꽃보다 소?"

한두진이 일하는 식당.

"예, 거기 담당 세무사입니다."

현호는 주인 없는 의자 하나를 끌어 그에게 내밀었다.

"앉으시죠."

"아, 예."

"자, 그럼……."

현호는 아침에 출근하자마자 꽃보다 소가 여태 낸 신고서들을 찾아 미리 책상에 올려놨었다. 현호는 손을 뻗어 그것들을 쥐고는 사르륵 살폈다.

"고기와 야채."

"그게 무슨 얘기인지."

현호가 뜬금없이 고기와 야채를 들먹이자 세무사는 떨떠름한 얼굴이었다.

그 모습을 보며 현호는 가볍게 미소를 짓고 손에 쥔 계산서를 흔들었다.

"계산서요. 신고한 매출액과 조금 안 맞는 것 같아서요. 뭐, 더 조사해 보고 여쭤보려고 했는데… 그 전에 얘기나 들어보려고요."

"아……."

세무사의 뭉툭한 코끝이 꿈틀거렸다. 그는 잠시 고민을 하더니 볼에 새긴 미소와 함께 입을 열었다.

"어떤 점이 이상하신지……."

"큰 문제는 없어요. 잘하셨잖아요?"

"예, 그렇죠. 뭐……."

"다만, 별거 아닌 거라도 저희 입장에서는 제대로 확인하고 넘어가야 할 것 아닙니까. 이해하시죠?"

"물론이죠. 당연히 이해합니다."

"그러니 좀 더 확인하고 다시 연락드리죠."

"아, 그러시겠어요?"

세무사의 얼굴에 미소인지 찌푸림인지 모를 표정이 스쳐 간다. 여기까지 불러서 미적지근하게 시비만 걸고 돌려보내냐는 속내가 섞여 있는 것이다.

일어서려는 그에게 현호가 툭 물었다.

"근데 아르바이트생 인건비 지급은 제대로 하고 있습니까?"

"예에?"

세무사가 눈썹을 들썩였다.

"인건비야 소득세과에서 신경 쓸 일이지만, 여기까지 오셨으니까 궁금해서 여쭤보는 겁니다. 아시잖아요? 허위 증빙은 가산세율 40퍼센트. 설마 하니 인건비 가지고 장난하지는 않으셨겠죠?"

현호는 서류를 내려놓고 세무사를 뚫어지게 바라봤다. 세무사의 구릿빛 얼굴에 난처함이 스쳐 갔다.

"그럼 살펴 가세요."

"예."

세무사가 긴 숨을 내쉬며 부가가치세과를 빠져나갔다.

정말 머저리가 아닌 이상은 알아들었을 것이다.

지난번 창석이의 경우와 별반 다르지 않은 해결법이었다.

'흠.'

현호는 잠시 생각을 정리할 겸 자리에서 일어나 복도로 향했다. 그리고 커피 자판기에 동전을 밀어 넣고 커피를 뽑았다.

'월연.'

국회의원, 기업인, 방송인, 예술인.

각계각층의 다양한 인물이 월연하고 관계가 있었다.

물론 그들이 이용하는 곳이 월연뿐이겠냐마는, 일단 월연이 그늘에게 한 발을 걸치고 있으니 현호의 목적에 부합하기는 충분했다.

하지만 박승아 말대로 월연은 거물이다.

일개 세무 공무원이 월연을 건들 생각을 하는 것 자체가 미친 짓이라는 소리다.

현호가 부가가치세과에 다시 발을 들이자 박승아가 그를 불렀다.

"차현호."

"예, 선배."

가까이 다가간 현호는 손에 들고 있던 커피 한 잔을 그녀에게 건넸다. 일부러 한 잔 더 뽑아 온 것이다.

"고마워, 잘 마실게. 근데 너, 서장님이 올라오라는데?"

"서장님이?"

현호가 태권도의 어머니 사건 당시에 심의에서 마주했던 이도필 강남세무서장.

그때의 김강자 비리 사건에서 이도필 세무서장은 운 좋게도 자리를 지킨 모양이었다. 또 그 일 이후, 강남세무서에 더 이상은 비리 문제가 불거지지 않았다. 아직까지는.

"빨리 가봐."

박승아가 현호를 재촉했다.

"왜 부른지 아세요?"

이유를 모르고 가면 찝찝하다. 조금이라도 힌트가 있어야 대응을 하지.

'설마, 뭐가 걸렸나?'

그럴 리가 없다고 생각하지만 장담할 수는 없었다.

현호는 걸음을 돌려 세무서 건물 꼭대기 층으로 향했다.

성큼성큼 긴 다리를 뻗어 계단을 올라가자 내려오던 직원들의 시선이 그를 스쳐 갔다.

똑똑.

"들어와."

문을 열고 들어가자 이도필 강남세무서장이 보였다. 그는 소파 상석에 앉아 있었는데, 그 곁에는 낯선 여자가 있었다. 더구나 한복 차림이다.

곱게 차려입은 한복에, 화장은 눈에 띄게 진했다.

"이리와 앉아."

세무서장의 지시에 현호는 여자의 맞은편 자리에 앉았다.

"자, 인사드리지. 월연이라고 알지?"

"예."

현호는 월연이라는 얘기가 나온 순간 어금니를 깨물었다. 덕분에 턱 주름이 바르르 흔들렸다.

"호호, 난 강남세무서에 연예인이 들어왔다고 해서 뭔가 했네. 이거 진짜 연예인이잖아요?"

"허허허!"

세무서장이 너털웃음을 터뜨렸지만 현호는 웃을 수 없었다.

'나를 주시하고 있었나?'

그게 아니라면 세무서에 누가 발령을 오고 또 나가는지를 주시하고 있다는 뜻일 수도 있다.

한마디로 강남세무서를 꽉 잡고 있다는 얘기다.

하긴, 여기까지 대놓고 찾아올 정도면.

"나, 월연의 여주인 최련이라고 해요."

그녀가 손을 쭉 뻗었다. 덕분에 한복 소맷자락이 나풀나풀 흔들렸다.

"부가가치세과 차현호 조사관입니다."

현호는 그녀의 손을 붙잡았다.

부드러운 손이었지만 정작 그녀의 눈은 힘이 잔뜩 들어 있었다.

'최련……'

나이는 40대 후반에서 50대 초반으로 보인다.

옅은 갈색빛이 물든 머리카락이 그녀의 머리 위에서 똬리를 틀고 앉아 있었다. 평소 관리를 잘 받았는지 눈가와 손에는 그 흔한 주름 하나 없었다.

'비녀까지?'

확실히 그녀는 요정 주인의 티를 내고 있었다.

"근데 저는 왜?"

이유를 짐작하면서도 현호는 짐짓 모른 척 물었다.

그러자 최련이 입꼬리를 올리며 부드러운 시선을 보냈다.

"우리 월연 좀 잘 봐달라고요."

"신고서 제때 내시고, 누락하는 거 없으면 잘 봐드릴 것도 없습니다."

"어머, 호호. 맞는 얘기네."

최련의 웃음은 여유가 있었다. 현호가 그녀를 말없이 쳐다보자 둘 사이에 묘한 긴장감이 고였다.

그러자 이도필 세무서장이 잔 손짓을 하면서 분위기를 적절히 가라앉혔다.

"자, 서로들 얼굴 익혔으니 나중에 보면 알은척들 하고, 차 조사관은 이만 내려가 봐."

"예."

현호가 지체 없이 일어나 사무실을 나갔다.

문이 닫히자 최련의 짙은 화장에 띠어져 있던 미소가 사라졌다. 그녀가 말했다.

"마냥 어리게만 보이는데, 눈은 보통이 아닌데요?"

"학력고사 만점이야. 뭐, 대학 생활은 대충했는지 학점은 평균이긴 했는데, 연수로 나갔던 창원세무서를 뒤집어엎은 녀석이야."

"뒤집어엎어요? 그게 무슨 말이에요?"

"저 녀석이 공장 하나를 건드렸는데, 기사까지 뜨는 바람에 부산청이 나섰지 뭐야. 결국 세무 공무원 둘이나 걸려 들어갔어."

"…위험하네."

"똑똑한 녀석이야. 당신도 주의하라고."

"나만 조심하나?"

최련이 이도필을 흘겨보자 그가 마른기침을 큼, 뱉었다.

"그럼, 큰일을 맡길 사람은 아니네요?"

그녀가 가방에서 손거울을 꺼내 보며 물었다.

붉은 입술에 더 붉은 색을 그린다.

"근데 또 일은 대충 하나 봐. 콧바람이 들었는지 밖에 싸돌아다니고 그런다네. 그래서 일단은 잡무만 주고 지켜보고 있는데……."

"뭐야? 그럼 창원 건도 우연 아니에요?"

"뭐, 그럴지도 모르고."

"아니면 사시를 볼지도 모르겠네. 그러지 않겠어요?"

"하긴… 세무 공무원보다는 사시지. 나이도 어려, 머리도 좋

아. 흠……"

이도필은 뭔가를 골똘히 생각하며 옅은 신음으로 목울대를 울렸다.

"왜요? 혹시 저 애를 염두에 두고 있는 거예요?"

최련의 미심쩍은 시선에 이도필은 천천히 고개를 끄덕였다.

"설마… 그건 아니다."

최련이 고개를 가로저었다.

"대안이 애매해. 하… 자식, 그러기에 조심 좀 하지."

얼마 전 소득세과의 조사관 하나가 투서로 인해 쫓겨나듯 지방으로 발령이 났다.

그는 이도필의 비리 라인 중 한 사람이기도 했다.

공석이 생겼으면 채워야 될 일.

그 채워 넣을 인물에 이도필은 차현호를 염두에 두고 있었다.

세무서 내에 직원이야 많지만, 다들 너무 익숙해져 서로의 경조사까지 훤하니 문제였다.

'써먹을 놈들이 없어… 입들이 가벼워서……'

차라리 차현호 같은 신입 공무원이라면 적절히 거리도 있겠다, 대충 잘 가르치면 말도 잘 들을 것 같고.

"뭐, 알아서 하세요. 대신 잘못되면 뒷감당, 서장님이 책임지셔야 돼요."

최련은 손거울을 다시 가방에 넣고 차현호가 나간 문을 바라봤다.

'아까 그 눈.'

자신을 마주 보며 악수를 받던 차현호의 눈.

유난히 찜찜하다.

*　　　　*　　　　*

"너 어떻게 그럴 수 있냐?"

태권도가 따지기 시작하자 현호는 고개를 휘휘 내저었다.

"어이구, 자식아. 그런 거 아니라고."

"뭐가 아니야? 모텔에서 나오는 거 나한테 딱 걸렸는데!"

"인마, 입 좀 다물어."

현호는 주위를 살폈다. 식당 사람들의 시선이 둘에게 쏠려 있었다.

"너 어떻게 진숙이를 두고."

현호는 태권도가 박진숙을 좋아하는 것을 잘 알고 있었다. 녀석은 혹여나 박진숙이 상처받을까 봐 그게 걱정인 듯 보였다.

"진숙이하고 나는 아니라니까."

현호는 다시 한 번 같은 얘기를 해야 했다.

"너, 진숙이 마음 가지고 장난치지 마."

"이 녀석이 진짜."

현호가 눈을 찌푸리자 태권도 역시 조금 말이 지나쳤다 생각했는지 바로 정정했다.

"미안… 그런 뜻이 아니라."

"그래, 좋아. 그럼 너 만약에 내가 진숙이랑 사귀면? 그래도 좋겠어?"

태권도의 눈꺼풀이 흔들린다. 그러더니 결심한 듯 고개를 끄덕였다.

"진숙이가 행복하면. 난 그걸로도 충분해."

지랄을 한다.

"으이구, 등신아. 신파극 찍냐?"

현호가 답답해서 눈을 찌푸리는 사이, 국밥 두 그릇이 테이블에 올라왔다.

"먹자."

현호는 숟가락을 들어 파를 한 움큼 퍼 올리던 중에 문득 식당에 걸린 달력을 보고 멈칫했다.

1995년 10월 30일.

'2년.'

IMF가 얼마 남지 않았다.

"에이, 미치겠네."

태권도가 국밥을 떠먹던 중에 갑자기 인상을 한가득 찌푸리고 있었다.

"또 왜?"

"조별 과제 하는데 애들이 협력하지를 않아. 개판이야."

졸업과 동시에 사회에 나온 현호와 달리 태권도는 이제 대학 1학년 신입생이었다.

운이 좋았던 건지, 아니면 공부를 조금 했는지, 그나마 서울권 대학에 붙어서 잘 다니고 있었다. 반면 쭉정이 조상식은 지방의 전문대를 들어갔다.

"아, 망했어, 망했어."

고개를 내젓고서야 태권도는 국밥을 떠 한입에 물었다.

그 모습을 보며 현호는 문득 방호식과 황주혜를 떠올렸다. 불과 2년이 지났건만 너무도 긴 시간이 흐른 것 같았다.

'황주혜.'

사시를 보기 위해 세무대학을 자퇴한 방호식과 달리 황주혜는 필사적으로 학교생활을 했다. 그녀는 세무대학을 수석 졸업한 것도 모자라서 연수도 최고 성적으로 마쳤다.

그래서 그녀가 간 곳은,

'서울청 조사국.'

스카웃이다.

하긴, 그런 인재를 내버려 둘 이유가 없지.

현호가 생각에 잠겨 밥을 뜨는 둥 마는 둥 하자 태권도가 수저로 현호의 국밥 그릇을 툭 건드렸다.

"밥 먹어, 인마. 무슨 생각을 그렇게 하냐?"

"너, 혹시 권은혁 소식 아냐?"

문득 생각이 그리로 이어졌다.

권은혁은 경찰이 되는 게 꿈이었고, 결국 경찰이 되는 녀석이다.

이전의 삶에서는 권은혁과 고등학교에서 접점이 있었고, 그이후로 죽 알고 지냈다.

하지만 지금 삶에서는 중학교 때 접점이 생긴 이후로 연락을 하지 못하고 있었다.

"걔? 경찰대 갔잖아?"

"그래?"

후······.

현호는 긴 한숨을 내쉬었다.

사실 조금 걱정을 하긴 했다. 왠지 권은혁을 빨리 만남으로써 녀석의 운명이 틀어졌을까 하는 우려에서였다.

그 모습을 보며 태권도가 다시 입을 열었다.

"근데 너, 송승국은 기억 나냐?"

"송승국?"

"그래, 중앙국민학교 짱."

"기억나지."

현호는 고개를 끄덕이고 수저를 다시 쥐었다. 태권도가 계속 얘길 이었다.

"걔 요즘 인기잖아, 알아?"

"그러냐?"

졸업과 연수 이후로는 문화생활이 전무한 현호였다. 이것저것 준비하기 바빴고, 오석이 숙제랍시고 건네는 잡무 처리만으로도 하루가 모자랐다.

현호가 아무리 잘났어도 그는 결국 사회의 구성원이며, 톱니바퀴 중 하나일 뿐이다.

해야 할 일은 해야 하며, 움직이는 것은 허용된 틀 안에서 최대한 움직일 뿐이었다.

"이번에 드라마 들어간대. 남자 넷 여자 넷인가?"

"그래?"

"그래라니. 너 걔랑 친했잖아?"

"친하면 뭐하냐. 걔 잘된다고 나한테 떨어지는 거 있냐?"

"혹시 아냐? 꽁고물이라도 떨어질지. 여자 연예인 하나 소개해 줄지 또 어떻게 알아?"

딱!

현호는 수저로 태권도의 머리를 탁 건드렸다.

"꽁고물이 아니고 떡고물. 하여간 공부할 생각은 안 하고."

"아, 자식. 꿈도 못 꾸냐? 사회인 됐다고 아주 삭막해졌어."

배를 채우고 식당을 나와 태권도와 헤어지려는데, 녀석이 다시 물었다.

"현호야."

"이 자식이 오늘 따라 왜 이런데? 뭐, 또 다른 거 사줘?"

"아니… 너……."

"뭔데?"

왜 이렇게 뜸을 들일까.

"너 정말 박진숙한테 마음 없어?"

태권도가 눈에 진심을 담아 물었다. 현호는 잠시 그 눈을 바라보다가 짧은 숨을 내쉬었다.

"지금 진숙이는 잠깐 스쳐 가는 봄바람에 취했을 뿐이야. 그리고 나는 한 번도……."

현호는 대답을 머뭇거렸다.

왜일까.

순간 진숙이와의 기억들이 스쳐 갔다.

현호의 기억력은 머릿속에 담아두면 꺼낼 때를 제하고는 일상생활에 별반 영향을 끼치지 않는다.

하지만 가끔 제멋대로 튀어나오거나, 지금처럼 눈앞으로 스쳐 지나갈 때면 곤혹스러울 때가 있었다.

"진숙이는 친구야."

현호는 확신하듯 그리고 스스로에게 다짐하듯 대답을 했다.

"그럼… 나 고백해도 될까?"

"훗."

현호는 손을 들어 새빨갛게 달아오른 태권도의 목 언저리를 툭툭 두드려 주며 미소와 함께 말했다.

"잘해봐."

*　　　*　　　*

"살펴 가십시오."

어두운 밤, 가로등 켜진 길 아래서 현호는 '꽃보다 소' 담당 세무사와 헤어졌다. 그에게서 받은 담뱃갑을 챙기고, 곧장 버스 정거장으로 이동했다.

"어디 보자."

주위에 아무도 없는 걸 확인하고 담뱃갑 안을 살피려는 때였다.

누군가 뒤에서 불쑥 손을 뻗어 담뱃갑을 채갔다.

놀라서 뒤를 돌아보니 익숙한 얼굴이 현호를 쳐다보고 있었다.

"이거, 이거, 나한테 딱 걸렸네."

그녀가 입꼬리를 가볍게 올리고 말했다.

현호는 그 모습을 반가움이 섞인 미소로 마주했다.

"오랜만이다, 황주혜."

18장

빙고 게임

현호와 주혜는 술집으로 자리를 옮겼다.

"자."

황주혜가 담뱃갑을 다시 건넸다. 물론 안에 든 것은 반으로 뚝 갈라서.

"강남에는 왜 왔어?"

현호가 물었다.

황주혜가 있는 서울지방국세청(서울청)은 종로에 있다. 종로에는 청와대도 있고, 얼마 전 이전한 특무부도 있다.

황주혜는 현호의 얼굴을 빤히 바라보더니 상체를 숙여 나직이 속삭였다.

"월연이라고 알아?"

그 단어에 현호는 짐짓 표정을 유지했지만, 사실 이마를 조금 찌푸렸다.

"알지. 근데 왜?"

현호는 큰 내색을 하지 않고 물었다.

"아니, 그냥."

그냥이라니. 서울청 조사국 직원이 그냥 물었겠는가.

"거기 문제 있어?"

현호가 다시 묻자 황주혜는 픽 미소를 보였다.

대답해 주지 않겠다는 뜻이었고, 현호는 더 이상 묻지 않았다.

잠시 뒤, 파전과 막걸리가 나오자 황주혜가 대접에 술을 거하게 따르고 현호에게 건넸다.

"자, 마셔."

"마시긴 할 건데, 너 적당히 마셔라. 나 또 네 밥풀……."

"이씨!"

황주혜가 재빨리 숟가락을 들어 현호의 머리를 딱 내려쳤다.

"그거 얘기하지 말랬지! 머리에서 지우라고 했어, 안 했어?"

"야, 그걸 어떻게 지워! 아우, 아파."

아무리 생각해도 얘는 문제가 있는 게 분명했다. 도대체가 시늉이라는 게 없었다.

현호는 아픈 머리를 쓸어내리고 막걸리로 배를 채웠다.

알싸함이 스멀스멀 올라왔다.

"꺼억!"

황주혜는 트림까지 거하게 뱉어냈다. 현호는 이마를 찌푸리고 그녀를 바라봤다.

"너는 어째 매번 볼 때마다 증세가 더 심해지는 것 같냐."

털털한 거야 둘째 치고, 성격이 왜 이렇게 변해가는 건지.

"이씨."

황주혜가 수저를 다시 쥐자 현호는 상체를 뒤로 물렀다. 그러자 그녀가 눈썹을 가득 좁힌 채로 물었다.

"너, 주 교수님 만나고 왔다며?"

"어. 그런데 너, 그 얘기 누구한테 들었어?"

황주혜는 대답을 미루고 막걸리를 한 잔 더 마셨다. 너무 급히 마시는 것 같아서 걱정이 되는 찰나, 그녀가 잔을 내려놓고 심각하게 눈을 기울였다.

"너, 주 교수님한테서 이상한 거 못 느꼈어?"

"이상한 거? 이상한 거, 뭐?"

"그냥 아무거나."

"글쎄다. 은퇴하신다는 얘기는 들었는데."

현호는 주 교수를 떠올렸다.

그러자 술집의 풍경이 순식간에 주 교수의 사무실로 변했다.

이제 현호의 눈앞에는 황주혜가 아닌, 주 교수가 앉아 있었다. 현호는 마치 바둑을 복기하듯, 그날의 기억을 다시 살폈다.

창밖에 내리는 비, 사무실의 낡은 문에서 들리는 삐걱거리는 소리, 그리스 냄새, 찻잔, 수증기, 주 교수의 흰 수염, 낡은 소파의 뿌드득거림.

다시 기억을 밀어내자 황주혜가 보였다.

"그것 말고는 없는데."

"주 교수님, 암이래."

"뭐?"

현호의 눈썹이 불쑥 치솟았다.

"그게 무슨 말이야?"

"췌장암이시래. 2달 남았대."

"너, 그 얘기 누구한테 들었어?"

"장라희 선배한테. 선배 아버지가 주 교수님 제자잖아. 그분한 테만 넌지시 얘기했나 봐. 심지어 주 교수님 아드님도 모르신대."

지난번 만남에서 주 교수는 현호에게 그런 얘기를 하지 않았다. 어린 제자가 받아들이기 힘들 거라고 생각했는지도 모른다.

현호는 주 교수의 안타까움에 막걸리 잔을 손에 쥐었다.

"근데……."

황주혜가 말꼬리를 흐리자 그는 다시 고개를 들었다.

더 이상 그녀에게서 주근깨를 찾아볼 수 없었다. 화장기 어린 얼굴로 인해 그녀는 이전의 촌스러운 말괄량이가 아닌, 숙녀가 돼 있었다.

"근데 뭐?"

"주 교수님, 말년에 꼬이실지도 몰라."

"꼬여?"

"주 교수님 아드님, 국회의원 보좌관이잖아……."

"어, 나도 알아. 그게 왜?"

"그게… 후……. 강원도에 영인콘도라고 있는데, 거기 지방 세무서에서 작년에 기획 조사 들어갔단 말이야. 근데 민정당 소속의 국회의원이 힘 좀 썼나 봐. 그래서 유야무야 넘어갔고."

황주혜는 얘길 멈추고 빈 잔을 만지작거렸다.

현호는 그녀의 잔에 막걸리를 채워주며 그녀의 눈을 마주 봤다. 서로 맞닿은 눈길.

황주혜는 다시 얘길 이었다.

"이번에 중부청(중부지방국세청)에서 다시 영인콘도를 건드렸거든. 뭐, 예전 것들까지 다 나온 거지. 한데 문제는 주 교수님의 아드님이 보좌하는 국회의원이 민정당 원내대표란 말이야."

"후······."

현호는 얼굴을 쓸어내렸다. 뻔한 얘기다.

아마 민정당 원내대표가 지난번 기획 조사를 막았고, 이번엔 중부청에 걸리자 주 교수의 아들이 책임을 지는 것일 테지.

"한누리당에서 걸고넘어지니까 주 교수님 아드님이 독박 쓰기로 결정했나 봐. 그런데 문제는 주 교수님까지 걸고넘어질 거라는 거지."

"왜?"

"주 교수님이 세무대학 교수니까. 세무대학을 마음에 안 들어 하는 이들이 어디 한둘이야."

국립세무대학은 1999년 8월에 세무대학설치폐지법령이 국회에서 통과되며, 2001년에 폐교된다.

학비와 기숙사비 전액 무료, 졸업생은 8급 세무 및 관세직 공무원 채용이라는 특전이 만들어낸 국세 인맥 때문에 세무대학을 아니꼽게 생각하는 이들이 분명 존재했다.

"그래서 주 교수님을 걸고넘어진다?"

"그래."

황주혜가 고개를 끄덕였다.

그녀는 착잡한 마음에 한숨을 연거푸 내쉬었다. 그때마다 술에 젖은 입술에 천장 조명이 내려앉아 은은하게 반짝였다.

'힘의 논리.'

세상은 파워 게임이 넘쳐 난다.

힘에서 밀리면 도태되고, 힘에서 이기면 살아남는다.

아니면, 살아남기 위해 힘을 써야 한다.

예정된 미래라면 세무대학은 사라진다. 그렇지 않았다면 세무대학 출신들이 국세 전반에 걸쳐서 강력한 힘을 발휘했을 것이다.

나라의 돈을 움켜쥔다는 것.

'권력.'

공권력도 권력이고, 돈도 권력이다.

권력은 무수한 형태로 대한민국에 뿌리내리고 있다. 그리고 그 권력을 차지하기 위한 파워 게임은 이미 시작되고 있었다.

"너 적당히 마셔라."

현호는 다시 한 번 황주혜를 향해 경고했다. 그녀는 현호가 생각을 잇는 사이에도 막걸리를 벌써 두 잔째 입에 들이붓고 있었다.

"이상하게 말이야. 너하고 있으면 술이 당겨."

그녀는 씨익 웃으며 말했고, 현호는 씩 화를 내며 말했다.

"그러냐? 난 이상하게 너하고 있으면 불안한데."

"왜? 나한테 빠질까 봐? 히히."

큰일이다. 이년… 술기운이 올라오는 것 같았다.

"나 집에 갈 거다. 너 안 데려다줄 거야."

"너 아니면 누가 나 데려다줘?"

"너 나 좋아하냐?"

그 순간이었다.

짝!

현호는 어이가 없었다. 황주혜가 현호의 뺨을 때린 것이다.

"어… 어이가 없네. 너 뭐야?"

"네가 뭔데? 허! 내가 널 좋아해? 허, 기가 막혀."

그녀는 눈을 동그랗게 뜨고 씩씩거렸다.

"아니면 아닌 거지, 왜 지랄이야?"

대체 왜 이러는지 알 수가 없었다.

현호가 뺨을 어르는 동안 그녀는 또다시 술을 퍼마셨다.

"너 내일 출근 안 하냐?"

짜증 섞인 현호의 질문에 그녀가 눈을 부릅떴다.

"연차거든!"

기세등등한 그녀의 모습에 현호는 저도 모르게 뒤로 물러났다.

"그래, 맘대로 해라."

어떻게 다 큰 숙녀가 외간 남자 앞에서 이렇게 술을 마시나 싶지만, 그만큼 동기라는 게 편한 건지도 모르겠다.

'아이고……'

현호는 결국 체념하고 황주혜를 지켜봤다. 그녀의 눈이 초점을 잃고, 깊이 잠들 때까지.

*   *   *

"어머니, 쟤 좀 부탁드려요. 해장국은 필요 없으니까 라면이나 끓여줘요."

출근 전, 현호는 돈 십만 원을 어머니에게 쥐여드리며 황주혜를 부탁했다. 어젯밤에 그녀를 어떻게 할 수가 없어서 집으로 데려온 현호였다.

"이 녀석아, 그러게 조금만 먹이지."

"제가 안 먹였어요!"

미치고 펄쩍 뛸 노릇이다.

어머니는 게슴츠레 현호를 보더니 이해한다는 듯 그의 엉덩이를 두드렸다.

"엄마는 아들 믿어."

"아, 진짜. 갈게요."

서류 가방을 챙기고 나가려는데, 방문을 열고 미숙이가 나왔다.

"야!"

그녀가 갑자기 온몸을 바르르 떨며 발을 구르더니 현호를 향해 삿대질을 했다.

"야아? 넌 또 왜?"

현호가 고개를 절레절레 흔들자 미숙이가 빽 하고 소리를 질렀다.

"너, 저 언니랑 무슨 사이야?"

"친구야, 인마."

"저 언니 완전 이상해. 나한테 막 뽀뽀하려고 그러는 거 있지?"

밤사이 황주혜의 술버릇이 도진 모양이다.

현호는 더 이상 상대하기 싫어서 문을 열고 나갔다. 물론 나가기 전에 한 마디를 더 해주고 나왔다.

"빙신아, 네가 더 이상하거든."

뒤에서 들려오는 분노에 찬 비명 소리를 들으며 현호는 걸음을 서둘렀다.

골목을 내려와 버스 정류장으로 향하는데, 멀리서 누군가 그를 불렀다.

"형!"

오토바이를 타고 있는 창석이였다.

"형, 출근하세요?"

"어, 너도?"

"타세요."

현호는 오토바이 뒤에 올라탔다. 출발과 동시에 창석이가 소식을 전했다.

"오늘 월연 사장이 일본에 간대요."

"일본?"

"예, 그리고 마침 오늘 VIP 예약 하나 캔슬 났대요."

현호는 월연에서 일하는 홍만복에게 자리를 하나 예약해 달라고 했었다.

아직까지 현호의 힘으로는 월연의 VIP에 들어가기 어려운 게 사실이었다. 그래서 캔슬이 난 예약 건이 생기면 취소시키지 말고 몰래 알려달라고 부탁한 것이다.

더구나 월연의 여주인까지 일본에 갔으니 현호의 얼굴을 아는 이는 없을 것이다.

물론 이는 최선의 시나리오대로 일이 진행됐을 경우다.

"좋았어!"

＊　　　　＊　　　　＊

보름달이다. 거사를 치르기 딱 좋은 밤이었다.

현호는 월연으로 들어가는 도로변에서 시계를 보고 있었다.

"현호야?"

하얀색 차가 멈춰 서고, 조수석 차창이 내려와 차 안에서 그를 부르는 목소리가 들렸다. 세무대학 동기 장라희였다.

"오랜만이에요, 누나."

현호는 곧장 그녀의 차 조수석에 올라탔다.

"근데 어딜 가려고? 웬일로 전화해서는 뜬금없이 저녁은."

"누나한테 밥 한번 사려고 그랬죠."

"왜?"

"나는 사회인이니까."

현호가 넉살 좋게 어깨를 으쓱 올리자 장라희가 깔깔 웃으며 라디오를 향해 손을 뻗었다.

월연의 길목에 들어설 즘에는 은은한 팝송이 울려 퍼졌다. 마치 영화 속 한 장면이 연상되는 분위기였다.

입구를 통과한 차는 직원들의 안내를 받아 주차장 한편에 세웠다.

현호는 차에서 내리며 주차장의 차들을 훑어봤다.

'2단계.'

미간을 좁히는 순간, 주차된 차량 대수, 차 넘버부터 차종 등 주차장 내 모든 것이 머리에 새겨졌다.

"누나, 들어가요."

현호는 장라희에게 손을 뻗었다. 오늘만은 그녀의 에스코트를 자처한 그였다.

"오늘 왜 이런데?"

오는 내내 조용하던 그녀가 나직이 속삭여 물었다.

"아무 얘기 하지 마시고, 들어갑시다."

월연은 대궐처럼 웅장했다. 거짓말 조금 보태, 보름달까지 더 해지니 지금 이곳이 서울인지 아니면 조선시대 한양을 구경 나온 건지 헷갈릴 정도였다.

"성함이?"

한복을 입은 여직원이 현호에게 다가와 물었다.

"W 미디어 원 실장입니다."

그러자 그녀가 마이크를 붙잡고는 어딘가에 확인을 했다.

"W 미디어 원 실장님 오셨습니다."

─치직… 예약 확인됐습니다.

"원 실장님, 안으로 드세요."

둘은 여직원의 안내를 받아 식당 안으로 발을 들였다.

한데 입구가 나뉘어 있었다.

월연에 들어올 때도 입구가 VIP와 일반으로 나뉘어 있는데, 지금 여기서도 나뉘어 있는 것이다.

현호의 걸음이 늦자 여직원이 다시 한 번 그를 재촉했다.

"이쪽으로 오세요."

현호는 다시 걸음을 재촉했다. 물론 가는 동안에도 계속 미간을 찌푸렸고, 주변의 모든 걸 눈에 담고 있었다.

'어?'

홍만복이다.

"아, 저 친구. 지난번에 나한테 잘 했었는데."

현호는 걸음을 멈춰 홍만복을 향해 손짓을 했다. 그리고는 지갑을 꺼냈다.

"그때 내가 현금이 없어서 팁을 못 줬어요, 자."

현호는 일부러 여직원에게 지갑 속을 보여주며 가득 차 있는 현금 사이에서 만 원권 지폐 다섯 장을 꺼내 홍만복에게 건넸다.

"감사합니다."

홍만복은 주춤하며 돈을 받았다.

"오늘도 잘 부탁해."

"예."

현호는 홍만복의 어깨를 한 번 두드리고 뒤돌았다. 그 몸짓과 말투는 누가 봐도 풍부한 사회적 경험을 담고 있었다.

비록 약관의 나이지만 현호가 풍기는 분위기만 봐서는 그를 처음 보는 이들은 그의 나이를 짐작하기 힘들었다.

안내된 방으로 들어가자 작고 아담하게 꾸며진 방이 보였다.

한가운데 테이블이 있는 일본식 다다미방이었다.

'겉은 한식인데, 속은 일본식이라.'

내부를 가볍게 훑어보는 사이 장라희가 맞은편 테이블에 앉았다. 그러자 현호는 괜스레 허리춤의 벨트를 만지며 여직원을 향해 물었다.

"여기 화장실이 어디였더라?"

"안내해 드릴게요."

기분 탓일까.

여직원의 미소가 지갑을 꺼낸 이후부터 훨씬 유해진 느낌이다.

여직원을 뒤따라 코너를 돌았다.

현호는 복도를 가로지르며 최대한 '3단계'를 유지했다.

방마다 앞에 놓인 손님의 구두를 눈에 담고, 어딘가에서 들려올지 모르는 소리들에 촉각을 곤두세웠다.

"밖에서 기다리겠습니다."

여직원이 고개를 숙이고 한 발 물러서자, 현호는 그녀를 지나 화장실로 들어갔다.

'후……'

세면대 앞에 서자마자 긴 숨을 내뱉었다.

'으……'

머리가 지끈거린다.

현호는 관자놀이를 꾹 누르고 눈을 질끈 감았다가 떴다.

2단계 능력을 쓰는 순간부터는 두통을 동반한다.

3단계에 이르면 주변의 특이점들이 부각되지만, 쓸모없는 정보들까지 머릿속에 넘쳐 난다.

바닥의 먼지라든가, 미닫이문의 구멍, 나뭇결의 틀어짐까지도 현호의 머릿속 한구석을 차지한다.

현호가 지금 찾고 있는 것은 어떤 범죄의 현장이 아니었다.

그는 지금 가장 기본적으로 월연의 내부 규모를 확인하고 있었다.

음식 가격과 인테리어, 테이블 개수 및 회전율, 종업원 수 등으로 월연의 전반적인 현황을 추론하는 것이다.

혹시 모를 범죄는 세무서의 영역이 아니다. 세무 공무원은 오로지 세금만 신경 쓸 뿐이다.

'신고서 자료를 보면 좋겠는데.'

하지만 그건 오석 조사관이 가지고 있다. 뿐만 아니라 뭔가를 찾기에는 월연 내부에 오픈된 공간이 많지 않았다.

손님들 역시도 각기 방에서 식사를 하고 있어서 얼굴조차 볼 수가 없었다.

쏴아아.

손을 닦고 화장실을 나온 현호는 걸음을 멈칫했다.

'어?'

황주혜였다. 그녀가 복도에서 남자와 얘기를 나누고 있었다.

남자의 얼굴이 현호는 어딘지 모르게 눈에 익었다.

'누구지?'

잘은 모르겠지만 황주혜와 있으니 서울청 소속일지도 모른다.

현호는 자신을 기다리고 있던 여직원을 다시 뒤따르며 황주혜를 스쳐 갔다. 일순간 그녀와 시선이 마주쳤다.

'별일 아니라더니만.'

'쟤는 여기 왜 있어?'

서로의 생각이 부딪친다. 입을 열지 않아도 알 수 있는 말들이 오갔다.

'서울청이 여긴 왜… 더구나 황주혜가.'

현호는 궁금증을 가지고 방으로 향했다.

"여기 되게 맛있다."

먼저 식사를 시작한 장라희가 흡족한 미소를 보였다.

현호자 자리에 앉자 여직원이 물러나며 낮은 목소리로 속삭였다.

"저는 밖에서 대기하고 있을 테니, 맛있게 드십시오."

미닫이문이 닫히자 현호는 안주머니에서 수첩과 펜을 꺼냈다.

누나, 내 이름 얘기하지 말고, 원 실장이라고 불러야 돼요.

"왜? 원… 실장."

도청 장치 있거든, 여기에.

"아……."

월연에는 도청 장치가 설치되어 있다. 그 말이 뜻하는 바는 하나였다.

손님들의 약점을 잡아놓는다.

월연의 여주인은 이곳에서 일어나는 모든 일을 감시하고 있었다.

국회의원의 밀담, 기업인의 거래, 방송인들의 뒷사정들을 차곡

차곡 쌓아놓고 있었다.

그 이유야 뻔하다.

위기에서 벗어날 때 써먹을 수도 있을 테고, 혹은 타인의 기회를 가로챌 수도 있을 테니까.

"많이 드세요. 오늘은 이 원 실장이 쏩니다."

"그러지 뭐! 대신 나중에 알려줘야 해. 왜 쏘는 건지."

"알았다니까."

후식을 기다리는 동안 현호는 담배 한 대를 태운다며 장라희에게 양해를 구하고 방을 나왔다.

"안에서 태우셔도 되는데요."

여직원이 미소와 함께 친절하게 말했지만 현호는 고개를 가로저었다.

"아니요, 바람 좀 쐬려고."

짧은 미소를 보인 현호는 곧바로 뒷주머니에서 지갑을 꺼냈다.

"고생이 많아요."

손에 집히는 대로 만 원권 지폐를 꺼내 쥐어주자 그녀는 머뭇거림 끝에 더는 그를 쫓아오지 않았다.

담뱃갑을 손바닥 위에 툭툭 두드리며, 현호는 홀 종업원들을 지나 주차장으로 향했다.

주차장에서 담배 한 대를 태우는 동안에도 적지 않은 차가 월연을 오갔다.

전부 고급 차종이다.

치이이.

담배가 타들어가는 소리와 차에서 내린 이들에게 밟히는 자갈 소리가 묘하게 어울렸다.

툭.

현호는 담배를 비벼 끄고 주차장 한편에 마련된 쓰레기통에 집어넣었다.

다시 식당 안으로 발을 들이는데.

'아무도 없다.'

카운터가 텅 빈 걸 확인한 즉시 현호는 장라희가 있는 방으로 향하는 입구가 아닌 커튼이 쳐진 입구 쪽으로 다가갔다. 안을 살펴볼 생각이었다.

커튼을 손에 쥔 찰나.

"사장님, 그쪽이 아닙니다."

뒤에서 여직원의 목소리가 들렸다.

하지만.

현호는 이미 안을 들여다봤다.

*   *   *

"어때? 소기의 목적은 달성하셨어?"

월연을 빠져나오며 장라희가 물었다. 운전에 집중하는 그녀의 옆모습을 바라보며 현호는 커튼 너머에 있던 걸 다시 떠올렸다.

'여자들……'

그 안에는 여자들이 대기하고 있었다. 심지어 저고리를 걸치지 않은 하얀 속적삼 차림이었다.

'흠……'

정황만으로는 결론을 내릴 수 없지만 현호가 생각하는 게 맞다면 서울 한복판에서 버젓이 그런 일이 벌어지고 있었다.

하지만 그렇게 놀라운 일만도 아니었다.

훗날에는 풀 살롱이라든가, 오피스텔 성매매가 손쉽게 이뤄지니 말이다.

음성적인 일은 어느 시대든 존재했고, 또 존재하는 법이다.

"잘 들어가요, 선배."

현호는 장라희에게 작별 인사를 했다.

"나중에 꼭 얘기해 줘."

"예."

장라희를 보내고 현호는 집 근처의 놀이터로 향했다. 가끔 홀로 생각을 정리할 때면 자연스레 발걸음이 닿는 곳이었다.

현호는 늘어진 그네에 엉덩이를 붙이고 생각에 잠겼다.

'이제 어떻게 한담.'

월연은 확실히 문제가 있다. 세무적인 부분은 이미 넘어섰다.

'출석을 시킬까. 하… 잘도 오겠다.'

오석에게 얘기해 봤자 씨알도 안 먹힐 소리다.

현호는 그동안 넉살 좋게 세무서 이곳저곳을 기웃거렸다. 부가가치세과에 자신의 책상이 있으면서도 소득세과, 법인세과 가릴 것 없이 이리저리 싸돌아다녔다.

그렇게 해서 그는 라인을 하나 찾아냈다.

바로 비리 라인이다.

보통은 세무 공무원 단독으로 세무사에게 인사를 받고 뒤를 봐준다.

그렇지만 어떤 비리는 단독이 아닐 수도 있다.

세무 공무원, 그 위의 상사, 또 그 위의 상사들이 줄줄이 연루되어 있는 것이다.

물론 그중에는 동료가 끼어 있을 수도 있다.

혼자서 하는 것보다는 여럿이서 조금씩 자주 먹는 게 더 안전하기 때문이다.

현호가 지켜본바, 강남세무서에는 그런 라인이 분명히 존재했다.

월연의 여주인이 세무서장 방에 들락거리는 것만 봐도 유착관계가 어느 정도인지 짐작할 수 있었다.

'지겹다… 지겨워.'

밤공기를 스쳐 보내며 고개를 내저었지만, 사실 비리 없는 세상이 어디 있나.

그건 당연한 거다.

사람과 사람 사이의 이해관계에서 가장 손쉽게 찾아볼 수 있는 공통 요소는 돈이다.

그게 대한민국을 만들어왔다.

이제 이 나라에서 비리는 버리고 싶어도 버릴 수 없는 애증의 대상이다.

'근데 서울청이라.'

황주혜가 월언에 있었다는 점이 아무래도 마음에 걸린다.

자칫하면 그녀로 인해 계획에 차질이 생길지도 모른다.

"응?"

놀이터의 모래사장을 바라보고 있던 현호는 고개를 치켜들었다. 그곳에는 황주혜가 서 있었다.

"너, 뭐야?"

현호가 그녀에게 물었다. 그러자 황주혜는 옆의 그네에 앉으며 오히려 그에게 되물었다.

"너 거긴 어떻게 들어왔어?"

"남이사. 그러는 너는? 어제 월연 얘기 꺼낼 때부터……."

"우리, 거기 치려는 거 아니야."

"뭐?"

"월연을 치려는 게 아니라, 서울청이 월연의 뒤를 봐주고 있다고."

"뭐어?"

*　　　*　　　*

집으로 돌아온 현호는 황주혜의 얘기를 계속 떠올렸다.

'서울청이 월연을 봐주고 있다고?'

현호는 침대에서 일어나 부엌으로 향했다. 냉장고에서 물을 꺼내 컵에 기울이는데, 현관문이 열리고 아버지가 들어왔다.

"안 잤냐?"

아버지는 요즘 한창 사업의 몸집을 불리고 있어서 얼굴을 뵙기가 힘든 편이었다.

"예, 조금 늦게 들어왔어요."

"그래. 일은 할 만하고?"

"예, 아버지는요? 요즘 힘드시죠?"

"뭐, 쉬운 게 어디 있겠냐."

"부가가치세 환급 건, 제가 선배에게 부탁했어요. 이번에는 빨리 나올 거예요."

박승아가 힘 좀 써줬다.

"그래, 고맙다."

현호는 아버지의 포근한 얼굴을 미소로서 마주했다.

이전 삶에서 아버지는 사업 실패로 어머니와 이혼 후에 쓸쓸히 여관방에서 숨을 거두셨다.

그때 현호는 아버지의 죽음에도 그다지 슬픔을 느끼지 못했었다. 그래서 지금은 충분히 만족하고 있었다.

설사 지금 뭔가 잘못돼서 내일 당장 죽는다고 하더라도 억울하지는 않을 것 같았다.

최소한 이전 삶에서 잃었던 한 가지를 찾았으니 말이다.

"아버지… 회사 말인데요."

현호는 조심스럽게 얘길 꺼냈다.

"왜?"

"그만 정리하고 은퇴하시면 안 될까요?"

"뭐어?"

아버지는 황당한 얼굴을 했다. 지금 한창 몸집을 키우고 있는데 정리라니.

"그게 무슨 뜬금없는 소리냐. 정리라니."

"최강한이라고, 제가 아는 경제학도가 있어요."

찬대미 회원, 고련대 경제학과 최강한.

"그런데?"

"그 형이 얘기하길, 앞으로 대한민국에 큰 위기가 올 거라고 하네요."

"위기?"

"예. 산업 전반에 걸쳐서 위기가 찾아올 거예요."

"허허. 그래, 새겨들을게."

아버지는 가볍게 반응했지만 현호는 크게 상심하지 않았다.

이제 겨우 시작이다.

처음으로 포문을 열었으니 후에 또 얘기하면 된다.

'사업을 정리해야 해.'

여태는 건설업 하청으로 사업을 꾸리시던 아버지였다. 그런데 지금은 그 하청을 벗어나 직접 건설 시장에 뛰어들려 하고 있었다.

분명히 IMF가 오면 직격탄을 받을 게 틀림없다.

설사 위기를 넘긴다고 하더라도 돈은 돈대로 들어갈 테고, 스트레스는 스트레스로 남는다.

버티면 이길 수 있다. 살아남는 자가 강한 것이다.

하지만 그러기에는 많은 희생이 따른다.

현호의 판단은, 그 희생을 감내할 필요가 없다는 것이었다.

다음 날.

"안녕하세요."

현호는 점심 무렵 자신을 찾아온 여자를 보고 눈을 찌푸렸다.

월연의 여주인 최련이었다.

"여긴 왜?"

"잠깐 나가서 얘기 좀 해요. 서장님한테는 제가 말씀드렸어요."

현호는 얼굴을 찌푸리며 자리에서 일어났다.

거절할 생각은 없었다. 여기까지 찾아올 정도라면 답은 뻔했다.

어제 현호의 행동이 이 여자의 시야에 포착됐다. 그렇다는 말은 몇 가지 경우의 수를 이어봐야 했다.

물론 가장 큰 경우의 수는 2가지일 것이다.

이 여자가 협박을 해올지, 아니면 제안을 해올지.

"어디 가요, 차 조사관?"

박승아가 복도에 드리워진 햇살 아래서 미소를 띠며 물었다.

잠깐이나마 그녀의 시선이 최련을 스쳐보는 게 느껴졌다. 그 모습에 현호의 눈이 찌푸려졌다.

'비리 라인.'

박승아는 현호가 찾아낸 비리 라인의 한 사람이다.

그래서 그동안 일부러 가까워지려 노력했고, 근접해서 지켜봤던 것이다.

"잠깐 이분이랑 할 얘기가 있어서요. 선배도 이분 아시죠?"

현호가 묻자 박승아가 미소를 끄덕였다.

"응, 알지. 월연 사장님이시잖아? 안녕하세요."

"안녕하세요."

두 여자가 가면 쓴 미소로 인사를 나눈다.

"그럼 선배, 이따 봐요."

현호는 박승아를 뒤로하고 최련과 함께 세무서를 나와 근처 카페로 자리를 옮겼다.

자리에 앉자마자 최련이 뭔가를 꺼내 들었다.

손바닥 크기의 카세트 플레이어였다.

'뭐야?'

분명 어제 실수한 것은 없었는데.

현호가 기억을 곱씹는 사이, 최련이 미소와 함께 얘길 꺼냈다.

"공사다망한 분의 시간 뺏어서 미안해요."

"어차피 신입인 걸요."

현호는 카세트 플레이어와 눈앞의 최련을 오가며 신경을 집중했다.

"내가 강남에서 잔뼈가 굵은 사람이에요. 그동안 숱하게 많은 세무 공무원을 봤고… 한데 차현호 씨만큼 거침없고, 겁 없는 사람은 처음이야."

"그런가요. 저도 처음입니다. 겨우 두 번 뵙는데, 말이 짧아지는 분은 말이죠."

"호호."

간드러진 웃음 뒤에 최련의 입가에 서린 미소가 사라졌다. 그녀의 메마른 시선이 현호를 향했다.

"말이 짧았던 건 미안하고. 듣자하니 강남 구석구석 안 돌아다니는 곳이 없다던데요?"

최련은 현호에게 물음표를 건넨다. 어떤 답이든 달라는 시선이었다. 현호는 찜찜함을 담아 입을 열었다.

"집이 강남이거든요."

"아하, 집이 가까워서 일 다니기는 편하겠네요."

최련의 헛소리를 들으려 나온 게 아니었다. 현호는 더 이상 기다릴 수 없었다.

"무슨 얘기를 하려는 겁니까?"

"대한민국 참 살기 편해요. 공무원이랍시고 명함만 파면 알아서 돈이 굴러 오니까. 하긴, 찔러주지 않으면 일이 되나… 아마 찔러 넣는 것만 두고 보면 대한민국은 이미 벌집일 거야?"

현호는 찌푸려진 얼굴로 최련의 행동을 지켜봤다. 그녀는 일장 연설을 늘어놓으며 손을 뻗어 카세트 플레이어의 재생 버튼을 눌렀다.

—아, 담배가 떨어졌네.

—제 거 피우세요.

—아니, 뭐, 담배야 제가 사면 되는데. 그럼 잘 태우겠습니다.

꽃망울에 앉은 나비처럼 최련은 사뿐히 미소를 띠고 현호를 바라봤다.

현호의 일그러진 턱 주름 덕에 그녀의 미소는 한층 더 커졌다.

"사진 찍은 것도 있는데, 보여줄까요?"

"씨발……."

맞았다.

현호는 제대로 얻어맞았다.

최련이 가져온 주먹은 단단했고, 묵직했다.

그녀가 떠난 빈자리를 바라보며 현호는 고개를 숙일 수밖에 없었다.

협박도, 제안도 없었다.

최련은 현호에게 세무서에 돌아가 보라는 말을 통보하듯 건네고는 자리를 떠났다.

그 말대로 세무서에 돌아오니 누군가의 투서가 들어와 있었다.

강남세무서 차현호가 일선 세무사들의 돈을 받고 편의를 제공한다는 투서였다.

이제 세무서 사람들의 시선에 비친 현호는 비리와 뇌물로 얼룩져 버린 어제의 신참내기 동료일 뿐이었다.

*　　　　*　　　　*

"그 어린 공무원, 뭐 하고 있다니?"

최련은 사무실에 들어서자마자 의자에 앉으며 고개를 들었다. 그녀의 뒤를 따라온 지배인이 뒷짐을 지고 말했다.

"일단 정직 처분 받았답니다."

"너무 심했나?"

얘기와 달리 최련은 미소를 띠고 있었다.

"사장님이 직접 나설 필요는 없었는데 말이죠."

그 말에 최련은 고개를 가로저었다.

"직접 나설 필요가 있지. 이런 일일수록 제대로 싹을 밟아줘야 하거든."

더구나 제법 소문이 난 놈이라지 않나.

어린 녀석이 공명심에 무슨 짓을 할지 예측할 수 없었다.

'하는 행동이 보통은 아니었어.'

월연의 직원을 매수해서 VIP로 들어올 줄은 예상도 못 했다.

'지난번에 내가 직접 얼굴까지 비쳤건만.'

하긴, 하룻강아지가 범 무서운 줄 알겠는가.

"지배인은 그만 가보고… 걔 불러와."

최련이 고갯짓을 하자 지배인이 나갔다. 그 사이 최련은 생각을 이어갔다.

'서장은 무슨 생각이야.'

최련은 어제 차현호가 월연에 찾아왔다는 얘기를 들었고, 이도필에게 알렸다.

그러자 이도필이 오늘 그녀에게 악역을 맡으라고 지시를 했다.

'실컷 두들기고 손을 내밀겠다는 건가?'

생각을 이어가는 찰나, 밖에서 문을 두드리는 소리가 들렸다.

"들어와."

문이 열리고 홀 직원이 가까이 다가왔다.

"잘했다, 만복아."

"예, 사장님."

최련은 책상에서 두툼한 돈 봉투를 꺼내 홍민복에게 내밀었다.

"챙겨."

"감사합니다."

넙죽 받는 홍만복을 보며 그녀는 흡족해했다.

"혹시 모르니까, 당분간 그 녀석 곁에 있어봐."

"예."

"그래, 가봐."

홍만복은 사장에게서 등을 돌렸다.

사무실을 나오는 홍만복의 눈에 열기가 차올랐다.

그는 최련에게 현호가 찾아왔음을 알렸고, 그 대가로 좀 전에 돈 봉투를 받았다.

*　　　　　*　　　　　*

펑! 펑!

현호는 샌드백을 두드리는 데 여념이 없었다.

복싱을 해온 지도 어느덧 7년. 이미 실력은 프로였다.

"어이구, 이놈을 프로 데뷔를 시켜야 하는데."

관장은 등 뒤에서 한탄에 가까운 아쉬움만 쩝쩝 다시며 지켜볼 뿐이었다.

현호에게는 상대를 압도하는 한 방이 있었다.

무엇보다 스피드와 주먹을 보는 눈이 남달랐다.

특히 상대의 공격과 시선을 뺏기 위해 어깨를 흔드는 무빙을 보면 입이 쩍 벌어질 정도였다.

"이놈아, 한동안 안 오더니 왜 갑자기 와서 나 퇴근도 못 하게 지랄이야!"

"후… 열쇠 있으니까 그냥 가시라니까요."

현호는 턱에 매달린 땀방울을 쓸어내리고 다시 자세를 잡았다.

팡! 팡!

"직장에서 누가 괴롭히냐?"

"괴롭히긴요. 괴롭힌다고 제가 당할 사람이에요?"

"너는 말이야, 독해 보여도 허술한 데가 있어."

"허술해요? 사람 잘못 보셨습니다."

현호는 샌드백을 계속 두드렸다. 결국 관장이 먼저 도장을 떠났다. 샌드백의 흔들림은 자정 무렵에야 그쳤다.

'후……'

현호는 가슴에 고인 숨을 덜어냈다. 수건을 들어 얼굴을 닦고 링에 걸터앉았다.

'월연.'

정직 처분으로 세무서에는 당분간 못 가지만, 차라리 잘됐는지도 모른다. 어차피 세무서에 있은들 월연의 자료를 볼 수는 없었다.

현호는 창석이의 친구들을 시켜서 강남 일대에서 월연에 식자재를 납품하는 사업장을 찾아냈다.

바로 그는 해당 사업장의 신고서를 확인했고, 납품 내역을 확인할 수 있었다.

월연의 매출 내역과 비교해 보면 좋겠지만, 월연의 자료는 오석이 가지고 있으니 별 수 없었다.

아마 예상대로라면 월연의 식재료 구입 비용은 거래처의 납품 내역보다 낮을 것이다.

실제 결제해 주는 금액보다 적은 금액만 증빙처리를 한다는 것이 의미하는 건 뻔한 경우다.

'매출 누락.'

매입 자료를 실제만큼 끊게 되면 거기에 따라 이익을 더 올려야 하는데 차라리 매입을 줄여 그만큼 매출이 발생하지 않았다고 신고하는 것이다.

사실 매출 누락이야 과거나 지금이나 흔히 있어온 일이다. 길바닥의 낙엽처럼 말이다.

일부 자영업자들을 보면 신고서상 매출과 본인들 호주머니 안의 매출이 다르게 마련이다.

항상 장사 안 된다고 죽는 소리를 해도, 차 바꾸고, 대출 상환하고, 여행 다니며 할 건 다 하며 살지 않나.

문제는 딱히 명확한 해결 방법이 없다는 것이다.

'진퇴양난.'

거기에다가 강남세무서의 비리 라인이 월연을 케어해 주고 있고, 서울청에서 월연을 봐주고 있는 게 사실이라면.

'막다른 길.'

하지만 황주혜는 서울이라고만 했지, 그게 서울청 전체라는 의미인지는 불확실했다.

'후……'

현호는 잠시 월연과 황주혜에 대한 생각을 뒤로하고 일어났다.

복싱 도장의 좁은 화장실에서 찬물로 세수를 하고 나와서는 도장의 불을 껐다.

어둡고 칙칙한 낡은 건물의 계단을 내려오던 그는 입구의 그림자를 보고 멈칫했다.

"선배?"

박승아다.

*   *   *

박승아를 뒤따랐다.

그녀는 현호에게 만나볼 사람이 있다고 했다. 대충 예상은 됐기에, 현호는 군말 없이 걸음을 서둘렀다.

"그러게 내가 얘기했잖아."

박승아는 신호등의 붉은빛을 눈에 담고 팔짱을 낀 채로 현호를 탓했다.

"뭘요?"

"월연 건들 생각하지 말라고."

현호는 반박도, 변명도 하지 않았다.

"참 내, 네가 봐도 웃기지 않아? 아무리 네가 잘났다고 해도, 너 이제 막 들어온 신입이야. 신참이라고. 건들 곳을 건드려야지."

"죄송합니다."

"너 때문에 다른 사람까지 곤란해졌잖아. 후배 하나 잘못 들어와서 우리 부가가치세과, 지금 비상이라고! 내가 너 케어해 주느라 오늘 하루 등골에 땀이 마를 새가 없었어!"

박승아의 힐난한 비난에도 현호는 입을 꾹 다물었다. 세무사들을 만나 인사랍시고 한 푼, 두 푼 받은 돈이 꽤 됨을 부인할 수 없다.

"왜 말이 없어? 잘못한 건 아나보지?"

"죄송합니다."

주머니에 두 손을 꽂은 채로 현호는 도로를 스쳐 가는 자동차의 헤드라이트 빛을 바라보며 죄송하다는 말을 반복해 속삭였다.

한바탕 휘몰아친 뒤에 신호등이 파란불로 바뀌었다.

"사내새끼가 일 저지를 때는 당당하더니. 어깨 펴, 인마."

박승아가 현호의 어깨를 팡 두드리고 횡단보도에 발을 내밀었다. 현호는 그녀의 등을 바라보며 뒤를 쫓았다.

'박승아.'

현호는 그녀가 비리 라인 중 한 사람임을 알아냈다.

생각보다 어렵지 않았다.

사람의 소비 습관, 씀씀이, 생활 습관 등을 지켜보면 그 안에서 어긋남을 찾는 것은 딱히 어려운 일이 아니다.

무엇보다 현호에게는 부조화를 찾아낼 수 있는 능력이 있었다.

"들어가자."

박승아의 걸음이 멈춘 곳은 지하에 있는 술집이었다.

현호가 주변을 눈에 담고 그곳으로 들어가자 지배인으로 보이는 남자가 서둘러 이들을 안내했다.

방으로 들어가니 오석 조사관, 이도필 세무서장, 그리고 처음

보는 여자가 앉아 있었다.

"이게 누구야? 겁 없는 후배님 아니신가?"

오석이 살짝 비아냥거림이 섞인 말투로 현호를 맞이했다.

"죄송합니다."

"그 얘긴 그만하고, 일단 앉아."

이도필이 손을 내저으며 현호를 자신의 오른손이 뻗는 자리에 앉혔다.

"자, 한잔해."

현호는 그가 들이민 술잔을 공손히 붙잡았다.

"제가……"

술이 채워지자 현호는 서둘러 일어나 이도필이 손에 쥔 술병을 건네받았다.

"그래, 따라봐."

이도필은 흡족한 미소를 드러내며 자신의 술잔을 내밀었다.

"나이는 어려도 우리 차 조사관이 예의가 있어. 조금 겁이 없어서 그렇지 말이야, 하하하."

이도필의 웃음에 다들 적당히 억지웃음으로 맞춰주느라 방 안이 들썩였다.

"그렇게 혼자 잘난 척하면 선배들이 모르는 줄 알았어? 다 알면서 그냥 넘어가 주는 거야, 알아?"

"죄송합니다."

"이번 일… 내가 덮을 거야. 그러니까 한 일주일만 쉬었다가 출근해, 알았어?"

"예."

아랫사람에게 먹이를 준다. 이도필의 표정이 딱 그 짝이었다.

현호가 고개를 끄덕이자 이도필이 큰 소리로 외쳤다.

"다들 불만 있으면 지금 얘기해."

"없습니다."

오석이 재빨리 대답하자, 다시금 술이 오갔다.

몇 차례 술잔이 오간 뒤, 현호는 다시 이도필의 술잔을 채우려 술병을 집었다.

"어이쿠."

현호가 술병을 놓쳤다.

테이블에 흘러내린 술에 이도필이 껑충 뛰었고, 오석이 서둘러 휴지를 건넸다. 박승아도 재빨리 움직였다.

현호는 당황해서 제 손만 만지작거릴 뿐이었다.

"현호야, 가서 물수건 좀 가져와."

"예."

"가는 김에 세수도 하고 와."

박승아의 지시에 현호는 재빨리 방을 빠져나왔다.

방을 빠져나오는 순간, 현호의 흐릿했던 시선이 다시금 번뜩였다.

'덮을 거라고? 지랄들 하네.'

현호는 서두르지 않고 화장실로 향했다. 세수를 하고 거울을 바라봤다.

"선배, 월연(月緣) 아시죠?"

지난번 여관에서 현호는 일부러 박승아에게 월연에 대한 떡밥을 건넸다.

그곳에 관심을 보이고 있음을 얘기했고, 그가 의도한 대로 그녀는 바로 이도필에게 그 사실을 전했다.

그리고 이도필은 현호에게 월연의 사장을 소개해 주면서 은은한 압박과 회유를 해왔다.

하지만 현호는 멈추지 않았다. 거기서 멈췄다면 그걸로 끝이었다.

저들에게 차현호라는 존재는 그저 날뛰는 망나니밖에 되질 못했을 테니까.

그래서 월연을 찾아갔다. 그리고 흔쾌히 두들겨 맞았다.

'좋아.'

그렇다면 지금 차현호라는 존재는 저들에게 어떻게 비칠까.

가죽은 두드릴수록 부드러워지는 법이고, 사람은 두드려 맞을수록 굴복하는 법이다.

이 자리에 불렀다는 것으로 어느 정도 짐작은 할 수 있었다.

'내가 쓸 만해 보였을까?'

특정한 목적을 가진 인맥일수록 그 안에 들어가기란 쉽지가 않다. 그들은 배타적이고, 철저히 자신들의 잇속만을 챙기려 한다.

심지어 균열도 쉽게 일어나질 않는다. 뒤에서 서로가 서로의 약점을 쥐고, 앞에서는 미소로서 협력한다.

하지만 그 라인이 삐끗거릴 때가 있다.

서로가 쥔 약점이 흔들릴 때나, 아니면 공석이 생겼을 때다.

지금 저 비리 라인에는 공석이 존재한다. 그렇다면 또 공석에 적합한 인물은 어떻게 찾을까.

어수룩해서도 안 되고, 어중간해서도 안 된다.

너무 잘나도 안 되고, 너무 제멋대로여도 안 된다.

그럼 현호는 어떤가.

똑똑하다, 잘났다, 제멋대로다. 따지고 보면 마이너스적인 요소일지도 모른다.

그런데 이도필의 입맛에는 맞았다.

어린 나이에 쌈짓돈을 챙기는 걸 보니 돈맛을 아는 것 같고, 혼을 내니 고개를 숙이는 걸 보면 겁을 아는 것 같고, 머리가 좋은 게 거북할 줄 알았더니 예의는 있더라.

'이 말이겠지.'

화장실 거울에 비친 현호의 얼굴에 미소가 새겨졌다.

마침내 비리 라인을 코앞에 뒀다. 저 안에 들어가면.

'강남… 강남세무서… 훗.'

"술 좀 깼나?"

현호가 들어가자 이도필이 껄껄 웃으며 물었다. 현호는 어설픈 미소와 함께 그의 곁에 다가갔다.

그러자 이도필이 현호의 어깨를 툭툭 두드리며 눈을 마주 봤다. 그의 누런 흰자위가 현호를 담는다. 세월이 묻은 욕심만 가득한 동공이 현호를 꿰뚫려 시도하고 있었다.

"좋아!"

이도필은 만족한 듯 현호의 어깨를 두드리더니 자리에서 일어났다.

"서로 할 얘기하고, 난 이만 가보지. 어르신하고 약속이 있거든."

모두 서둘러 자리에서 일어났다.

이도필의 등을 향해 90도로 허리를 숙였고, 오석은 아예 쫓아나가서 그를 배웅했다.

이제 방 안에는 현호와, 박승아, 그리고 정체불명의 여자가 앉아 있었다.

'저 여자는 누구지?'

그런 생각을 잇는 찰나, 박승아가 그녀를 소개시켜 줬다.

"인사해. 서울청의 심희정 조사관님이야."

"심희정 조사관님이요?"

"우리 봐주시는 분이야."

재밌다.

세상 일이 변수투성이라지만, 의도한 것 외의 소득이 생길 때면 너무 재밌어서 미칠 것 같았다.

'서울청의 심희정이라.'

하긴 서울청의 비호가 있었으니 여태 비리 라인이 문제없이 돌아갔겠지.

그럼, 황주혜가 얘기한 서울청이 저 여자를 뜻하는 것일까.

"처음 뵙겠습니다, 차현호입니다."

"활약 대단하던데?"

심희정은 처음부터 반말을 그럴싸하게 건넸다. 짙은 흙발의 짧은 단발머리 사이로 꽤 뇌쇄적인 눈빛이 흐르고 있었다.

"근데 서울청이시면……."

"너무 빨리 궁금해한다. 천천히 알아가면 되지."

"아, 그렇죠."

이들은 아직 현호를 경계하고 있었다. 당연한 수순이고 반응이다.

잠시 뒤에 오석이 들어왔다.

자리에 앉자마자 그가 잔을 들었고, 그 순간 심희정이 술병을 들어 그 잔을 채웠다.

찌푸려진 현호의 미간에 둘 사이의 미묘한 기류가 포착됐다.

'뭐야? 설마 저 두 사람.'

그럴 수도 있고, 아닐 수도 있다.

현호가 그 같은 생각을 하며 둘의 움직임을 살피는 사이, 오석이 술을 쭉 들이켜더니 잔을 놓고 숨을 내쉬었다.

"후……. 현호야."

"예, 선배님."

"그냥 시원하게 얘기한다."

"예."

"너 이제부터 우리가 케어할 거야."

"케어한다고요?"

"이 자식아, 너 지금 금줄 잡은 거야."

"아… 예."

"우리가 시키는 대로만 해. 너 그러면 인생 피는 거다. 아마 내 나이쯤 되면 강남에선 꽤나 유명해질걸?"

"아… 하하. 저 너무 부담되는데요."

현호가 넉살 좋게 뒷머리를 긁적이며 말했다.

"자식, 하여간 성격은 좋아. 하하하."

오석은 화통하게 웃으며 현호의 잔에 술을 채웠다.

술을 가득 채운 잔이 계속 오갔다.

박승아는 조금 더 자리를 지키고 있다가 먼저 일어났고, 심희정은 일어나지 않고 지키고 있었다. 이쯤 되면 현호도 눈치를 채고 일어날 때였다.

현호는 오석의 잔에 술을 따르면서 비틀거렸다. 덕분에 술이 잔에서 넘쳐흘렀다.

오석이 픽 웃는다.

"자식, 술도 못 마시는 게 그동안 어떻게 세무사들 만나고 다녔어?"

"헤헤, 그냥 밥이나 얻어먹는 거죠. 세무사들이 저 어리다고 우습게 보잖아요. 그래서 저도 자존심 상해서 일부러 더 객기 부렸죠."

현호가 계속 비틀거리자 오석이 술병을 대신 쥐며 현호를 그윽하게 바라봤다.

서로가 뜻이 닿으면 미운 놈도 좋게 보이는 법이고, 싫은 놈도 적당히 안쓰러워 보이는 법이다.

"선배님, 제가 선배님 끝까지 모셔야 하는데… 제가 너무 취했는데요?"

"집에 갈 수 있겠냐? 모텔 하나 잡아줘?"

"아니요. 강남이 다 제 집인데요!"

현호는 오른팔을 크게 휘저으며 목청을 높였다.

"자식."

오석은 손을 내밀어 현호의 볼을 툭툭 두드렸다. 흡족한 시선과 미소에는 적당히 키워서 입맛대로 써먹겠다는 의도가 담겨 있었다.

"선배님, 저 이만 가보겠습니다. 심희정 조사관님, 감사합니다. 저 열심히 하겠습니다!"

자리에서 일어난 현호는 비틀거리면서도 우렁찬 목소리로 외쳤다.

심희정이 피식 미소를 보이며 오석을 바라보자 현호가 테이블을 돌아 나와서 다시 한 번 꾸벅 인사를 했다.

"가보겠습니다!"

"너 정말 괜찮겠어?"

오석은 말은 그렇게 하면서도 일어나질 않았다.

현호는 마지막으로 확인차 눈을 찌푸렸다. 오석과 심희정의 눈빛이 오가는 것이 3단계에 포착된다.

매우 느린 시간의 필름 속에는 서로의 체취를 탐하려는 남녀가 있었다.

오석은 서둘러 현호를 보내고 심희정과 단둘이 있기를 바라는 게 분명했다.

"괜찮습니다. 그럼 가보겠습니다!"

한 번 더 우렁찬 인사와 함께 90도로 허리를 숙이고서야 현호는 지하 술집을 빠져나왔다.

비틀대는 걸음은 꽤 오랜 시간 이어졌다. 신호등을 건너고, 집 앞 놀이터까지 이어졌다.

'미행.'

누군가 그를 미행하고 있었다.

하긴 신중해져야지.

새로운 사람을 들인다는 것은 결코 가벼운 일이 아니다.

월연의 규모와 비리 라인의 결속력은 서로 상호작용을 하고 있다. 어느 하나의 어긋남도 서로에게 치명적인 만큼, 현호를 영입하는 데 있어서 저들도 최선의 노력을 하는 것이다.

놀이터로 향한 현호는 그네에 주저앉아 고개를 숙였다.

누가 보면 술 취한 양반이 술 깨려 잠시 쉬는 듯 보일 것이다.

'여기까지 왔어.'

지난 밤 그네에 앉았을 때와 다른 점은 현호가 코너에 몰렸다는 점과 그 코너에서 저들이 손을 내밀었다는 점이다.

하지만 분명한 것은 저들이 현호를 완전히 신용하지는 않을 것이라는 점이다.

지금은 손을 내밀었지만, 끌어안으려 시늉만 할 뿐 당분간은 적당한 선에서 지켜만 볼 게 분명하다.

'시간을 더 끌 생각은 없어.'

단숨에 끝내야 한다.

'서울청 심희정 조사관.'

그녀가 이 상황에 종지부를 찍을 수 있는 끈일 것 같은 느낌이 강하게 든다.

'피아노……'

문득 피아노 연주가 듣고 싶다. 정확히는 오케스트라의 협연을 듣고 싶다.

비가 오면 좋으련만. 차 안이라면 더 좋으련만.

'심희정……'

그녀는 과연 이 오케스트라의 지휘자일까, 아니면 일개 단원일 뿐일까.

현호가 이 같은 생각을 이으며 그네에서 몸을 일으켰다.

눈을 부릅뜨자 저 멀리 있는 차의 떨림이 느껴지고, 그 안의 시선이 느껴진다.

그 시선을 느끼며 집으로 향하는데, 현호의 집 앞에서 누군가 기다리고 있었다.

바로 홍만복이었다.

현호는 비틀대며 홍만복에게 다가갔다.

창석이는 홍만복을 믿을 만한 인물이라고 소개시켜 줬다.

하지만 현호가 월연에 다녀갔다는 사실을 월연의 여주인이 알았다.

월연에 도청기는 설치돼 있어도 CCTV는 없었는데… 있을 만한 시대도 아니고…….

"이 자식!"

현호는 홍만복에게 다가가자마자 멱살을 부여잡고 눈을 부릅떴다. 멱살 쥔 손에 힘을 잔뜩 주자 홍만복이 힘없이 끌려왔다.

서로의 얼굴과 얼굴이 맞닿은 순간, 현호는 숨죽여 속삭였다

"수고했다."

*　　　*　　　*

홍만복은 현호가 시킨 대로 제대로 일을 했다.

월연의 여주인 최련에게 현호가 쥐새끼처럼 들락거렸다고 알렸고, 최련은 재빠르게 움직였다. 그녀는 현호의 약점을 손에 쥐고 흔드는 것에 주저하지 않았다.

"이제 오냐?"

"예."

현호는 방으로 들어가는 아버지의 등을 바라봤다.

문이 닫히고 아버지가 더 이상 보이질 않자 담배 한 대를 들고 옥상으로 향했다.

"후……"

현호는 손에 쥔 담배를 바라봤다.

운동선수에게 담배는 치명적이다. 폐활량을 저하시키고, 호흡을 불편하게 한다.

현호가 운동선수는 아니지만 베스트 컨디션을 유지하려면 담배를 끊는 게 좋았다.

단지, 현호는 이번 생에 가능한 제약이 없이 살고 싶었다.

방향을 정했고, 그 길로 달려가고 있지만, 이전 삶과 다른 점은 스스로에게 브레이크를 걸 수 있다는 점이었다.

언제든 과속하고 있다고 느껴진다면 브레이크를 밟을 것이다.

그러니 담배를 끊듯, 지금이라도 이 일을 관둘 수 있었다.

'좀 더 훗날을 기약해야 할까.'

비리 라인을 찾았지만 그들 멤버가 전부라는 보장은 없었다.

서울청 심희정을 알았지만 그 뒤에 또 누가 있는지는 알 수 없었다.

'다시 정리해 보자.'

현호는 월연을 타깃으로 잡았고, 그동안 비리 라인에 접근하기 위해서 위장 행동을 해왔다.

여기까지는 계획한 대로 왔지만 지금 순간 가야 할 길이 막혔다.

비리 라인에 제대로 녹아들려면 그만큼 시간이 걸릴 테고, 그 시간이 흐르면 처음의 생각과 결심은 옅어질 것이다. 결국에는 비리 라인의 한 사람으로 자리 잡을 것이다.

만일 그렇게 된다면 무슨 의미가 있을까.

그들과 뭐가 다를까.

'오석.'

월연의 자료는 오석이 가지고 있다.

그리고 그는 분명 심희정과 특별한 관계를 가지고 있다.

'잠깐.'

생각을 잇던 현호는 멈칫했다.

'오석… 유부남이잖아?'

왜 미처 그 생각을 못했을까.

'설마……'

심희정은 미혼일까.

현호의 생각이 깊어지는 동안 담배는 손끝에서 타들어갔다.

"하… 하하."

생각이 정리되자 현호는 웃음을 터뜨렸다.

세상은 변수투성인데, 때로는 해결책도 변수처럼 튀어나온다.

번쩍.

현호의 눈이 뭔가를 떠올렸다.

*   *   *

일주일 후.

"그래, 이번에도 한번 잘 케어해 봐. 서울청 새끼들은 할 일도 없나, 맨날 기획이야?"

이도필은 오석에게 월연에 관한 걸 당부했다.

심희정에게서 연락이 왔는데, 조만간 서울청에서 강남 내 고급 술집들에 기획 조사를 진행하려고 한다는 정보였다.

"알겠습니다."

"혹시 모르니까 지난번 부가세 신고한 거 가져다가 현금 매출 좀 집어넣고, 수정 신고 다시 해. 나중에 기획 조사에 빌미 잡혀서 박 쓰는 것보다 차라리 미리 좀 내는 게 낫지."

"하긴, 괜스레 서울청 리스트에 올라서 좋을 건 없으니까요."

오석도 그 말에 찬성해 고개를 끄덕였다.

때로는 살을 조금 내주는 게 굶주린 아귀들을 달래는 일이기도 하다.

"그나저나 내일 차현호 오나?"

"예. 내일이긴 한데, 제가 오늘 들르라고 했습니다. 할 얘기도 좀 있고… 아마 지금쯤 왔을 겁니다."

"당분간은 가벼운 것부터 맡겨봐. 우리가 드러날 수 있는 거는 다 빼버리고."

"예, 알겠습니다."

오석은 미소와 함께 대답했다.

"그럼 내려가 봐."

"예."

서장실을 나온 오석은 여름의 햇살이 드리워진 유리창을 바라보며 기분 좋은 미소를 지어보였다.

"날씨 좋네."

비리면 어떻고, 부패면 어떤가.

돈은 돈대로 차곡차곡 쌓이고 인생은 순탄하다.

모든 게 잘 굴러가고 있다는 얘기였다.

오석은 흡족한 미소를 끄덕이며 계단을 내려갔다. 그런데 부가가치세과에 가까워질수록 소란스러웠다.

'뭐야?'

얼굴을 찌푸리고 부가가치세과에 들어간 오석은 순간 당황했다.

"오석, 어디 있어! 오석, 어디 있냐고!"

웬 낯선 남자가 사무실에서 난동을 피우고 있었다. 그는 서류면 서류, 책상이면 책상, 닥치는 대로 발로 차고 집어 던지고 있었다.

"무슨 일이야?"

웅성거리는 이들 사이로 오석이 나타났다.

그러자 오석의 주변에서 사람들이 한발 물러났다.

"네가 오석이야?"

난동을 피우던 남자의 시선이 오석에게 쏠렸다.

"그, 그런데… 당신은 누굽니까?"

"나? 나 심희정 남편이다! 씨발놈아!"

그 말에 오석의 입이 쩍 벌어졌다.

남자는 달려와 다짜고짜 오석의 뺨을 갈기고 멱살을 붙잡았다.

"개자식아! 붙어먹으니까 그렇게 좋았냐!"

고성이 부가가치세과를 뒤흔들었다.

당황한 오석이 마른침을 꿀꺽꿀꺽 삼키며 남자를 진정시켰다.

"이, 이거 놓고 얘기합시다. 내가 차분히, 차분히 설명을……."

픽!

남자의 주먹의 오석의 턱을 갈겼다.

퍽퍽!

신음하는 오석의 눈에 저 멀리서 이 광경을 지켜보고 있는 차현호가 보였다.

"이 새끼야! 이 개새끼야! 가정이 있는 여자 건드니까 좋냐?"

퍽퍽!

주먹이 계속해서 오석의 얼굴에 내리꽂혔다.

현호는 그 모습을 지켜보며 착잡함에 눈을 찌푸렸다.

비록 무대를 만들긴 했지만 왠지 두 가정을 박살 낸 기분이었다.

하지만 서로가 서로를 속이고 있는 것만큼 잔인한 것도 없다. 썩은 건, 빨리 뭉개 버리는 게 낫다.

'이번 삶에서는……'

심희정 남편에게 두들겨 맞는 오석을 보며, 현호는 지난 삶과 같은 실수를 하지 않겠다고 다짐했다.

'흠… 지금쯤 심희정도 난리가 났겠네.'

서울청도 난리가 났을 것이다.

거기에는 오석의 아내가 달려갔을 테니까.

19장

시나리오

이도필은 당장 발등에 불이 떨어졌다.

오석 조사관이 간통으로 경찰서에 갔다.

심희정도 끌려갔다.

구속까지야 가겠냐마는 일단 조서를 꾸미느라 시간이 걸릴 것이다.

'그렇게 조심들 하지.'

이도필은 둘 사이가 심상치 않음을 대충 짐작하고 있었다. 실은, 내심 그 같은 관계도 나쁘지 않다고 생각했었다.

어찌 됐든 서울청의 심희정을 포섭해 둬야 했고, 이도필로서는 적당히 오석만 챙기면 그 일은 수월할 수 있었다.

거시기 달린 사내놈이야 여자에게 목매겠냐마는, 여자는 다르니까.

"쯧쯧, 그러게 물건 간수를 잘했어야지."

소파에 박승아가 앉아 있었지만 이도필은 단어 선택에 있어서 거침이 없었다.

"어떻게 하죠?"

박승아가 미간을 찌푸리고 물었다.

당장 내일모레 서울청의 기획 조사가 있는데, 월연을 담당하고 있는 오석이 자리를 비웠으니 큰일이다.

"뭘 어떻게 해? 당분간 박 조사관이 월연을 맡아야지."

"그게……."

그동안은 오석이 월연과 관련된 모든 자료를 맡아 관리했다.

그러니 박승아로서는 그 일을 이어받으려면 지금부터라도 며칠 밤을 새워 월연의 자료를 파악해야 한다는 뜻과도 같았다.

"그럼, 그 자료들은……."

박승아가 말꼬리를 흐렸다.

세무적인 자료만 보는 건 어렵지 않다. 그게 그녀의 일이니까.

하지만 다른 자료는.

"뭐, 어쩌겠어. 그것도 자네가 해야지."

이도필은 박승아의 망설임이 탐탁지 않았다.

월연과는 엄밀히 말해서 공생 관계 그 이상이다.

세무적인 부분 외 장부는 물론이요, 도청 자료까지도 이도필 아래 있었다.

그동안은 오석을 시켜 관리했는데, 이번 일로 인해 조금 복잡해졌다.

"왜, 어려워?"

이도필로서도 딱히 대안이 없었다. 박승아를 믿어보는 수밖에는.

"어려울 것까지는 없는데, 혼자서는 조금……."

박승아는 여전히 대답을 망설이며 아랫입술을 한 움큼 깨물었다. 그녀로서는 도청 자료까지 맡게 되면 이 일에 발을 담그는 범위가 커진다.

그뿐인가, 혹여나 안 좋은 상황에 놓이면 독박을 쓸 수도 있었다.

"그럼 어떻게 해? 차현호?"

말은 그렇게 하면서도 이도필은 회의적이었다.

차현호란 놈이 말 잘 듣는 애완견이 될지, 제 입맛 따라 돌아다니는 들고양이가 될지 모르는 판국에 급하다고 당장 그 맛있는 먹잇감을 함부로 나눠줄 수야 없는 노릇이다.

"그럼… 그렇게 하죠. 차현호요."

박승아 역시 이도필의 고민을 잘 알고 있었기에 조심스럽게 생각을 꺼냈다.

"어차피 차 조사관도 막다른 길이에요. 이미 세무사들에게 뇌물 받은 것도 걸렸고."

실은, 그 뇌물을 차현호에게 주라고 세무사들을 뒤에서 조종한 게 이도필이다.

박승아는 계속 말했다.

"지가 뭘 하겠어요? 걸리면 옷 벗을 텐데… 우리 말만 들으면 적당히 용돈도 벌고 좋을 텐데 딴생각할 수가 없죠."

상식적으로 봐도 그게 사실이다. 어떤 바보가, 그것도 이제 막 파릇파릇한 미래를 향하는 청춘이 자신의 인생을 나락으로 빠 뜨리겠는가.

잃을 게 많은 놈일수록 부리기는 쉽다.

'…그런데 찝찝하단 말이야.'

이도필은 생각에 잠겼다.

예정대로라면 차현호는 좀 더 숙성을 시켜야 되는 술이다. 아 무리 술이 고파도…….

'뭐, 취하기만 하면 되는 거 아니야.'

고민 끝에 이도필이 고개를 끄덕였다.

"좋아, 한번 둘이 해봐."

이도필은 끙 하고 일어나더니 전화기를 집어 어딘가로 전화를 걸었다. 통화가 끝난 뒤에는 박승아를 돌아봤다.

"가봐."

잠시 뒤 박승아는 서장실을 빠져나왔다. 그녀는 곧바로 계단 을 타고 내려가 부가가치세과의 자신의 자리로 돌아왔다.

언제 왔는지 차현호가 멀뚱히 앉아 있는 게 보였다.

박승아는 손을 들어 그에게 손짓했다.

"차현호! 이리 와봐."

"예."

*   *   *

"너 지금부터 정신 똑바로 차려야 된다."

박승아의 말에 현호는 고개를 끄덕였다.

그녀의 차가 향한 곳은 월연이었다. 하지만 차는 월연이 아닌 근처 주택가로 방향을 틀었다.

골목을 가로질러 들어가자 검은 창살로 가려진 출입문이 나타났다.

그곳에 대기하고 있던 남자들이 박승아의 차를 보자마자 출입문을 열었다. 차는 그 안으로 들어갔다.

마당에 주차를 하고, 박승아는 비장한 표정으로 가는 숨을 내쉬었다.

그녀를 따라 차에서 내리며 현호는 주변을 눈에 담았다.

'흠……'

마당에 있는 남자는 족히 스무 명은 돼 보였다. 그들 중 몇은 수다를 떨고 있었고, 몇은 신중해 보였다.

분명한 것은 하나같이 건달이라는 사실이다.

현호는 박승아를 따라 건물로 들어갔다.

안에는 긴 테이블과 의자가 놓여 있었고, 그 위에는 서류들이 용도와 연도별로 분류돼 있었다. 그리고 창가에는 커튼이 쳐져 있었다.

박승아가 서류들을 눈에 담고 고개를 끄덕이자 남자들이 다시 밖으로 나갔다.

단둘이 남게 되자 그녀가 입을 열었다.

"서울청에서 기획 조사 타깃으로 월연을 주시하는 것 같아."

"심희정 조사관님이 그래요?"

"그래, 그러니까 우리가 할 일은……."

"최대한 그럴듯하게 만드는 거네요?"

"그렇지."

현호의 말에 박승아는 고개를 끄덕였다. 아주 잠깐이지만 그녀가 만족한 듯 미소를 보였다.

"근데 참 웃기다."

"뭐가요?"

현호는 서류를 손에 쥐며 그녀를 돌아봤다.

"창원세무서의 비리 공무원들을 잡아낸 네가, 지금은 그들과 다를 바 없으니까."

비아냥거림도, 비난도 아니었다. 그녀는 정말 재밌다는 표정이었다.

"그러게요."

현호는 낮은 속삭임과 함께 서류를 손에 쥐었다.

'이제야 여기까지 왔네.'

예상했던 것보다 꽤 오랜 시간이 걸린 것 같았다.

현호는 서류들을 눈에 담으며 강남세무서에 발령을 받기 전, 지난 5월에 있었던 일을 떠올렸다.

1995년 5월, 경남 창원세무서.

"앉지."

서울지방국세청 조사4국장 장명준.

현호는 소파에 앉으며 눈앞의 남자를 바라봤다.

남자는 장라희의 아버지이자 서울청의 고위급 인사다.

그런 그가 여기 창원세무서까지는 왜 온 것일까.

"부산청 조사2국장이 내 동기야."

장명준은 이유를 찬찬히 말하며 소파 앞 테이블에 놓인 커피 잔을 손에 쥐었다. 그러고는 현호의 잔을 향해 손을 내밀었다. 마시라는 뜻이었다.

현호가 커피 잔을 손에 쥐자 그는 계속 말을 이었다.

"자네 때문에 세무 공무원이 둘이나 걸려 들어갔어."

"탓하시는 건가요?"

그 두 명의 비리 공무원은 공장의 위장 거래를 눈감아주고 있었다.

공장은 실제가 아닌 자료들로 매출 매입을 조절해서 세율을 다르게 했는데, 물건 값은 안 주고 부가세만 주고받아 자료를 만드는 가공매입과 비슷한 케이스였다.

물론 눈감아주는 조건으로 공장과 공무원들 간에 돈이 오갔다.

어쩌면 별것 아닌 일이었을지 모른다. 그냥 넘어갈 수도 있는 일이었다.

하지만 문제는 공장장이었다. 그가 현호를 건드렸다.

정확히는 비리 공무원들이 현호를 공장장에게 인사를 시켰는데, 공장장이 술에 취해서 자신보다 어린 현호에게 소위 말해, 꼰대 짓을 한 것이다.

삿대질은 기본이고 술을 따르라, 노래를 부르라, 여자를 불러와라, 주정을 부렸다.

참다 참다 결국 현호는 폭발하고 말았다.

그길로 세무서에 돌아온 현호는 공장의 지난 5년 치 자료를 죄다 들춰 봤고, 심지어 공장의 거래처들까지 건드렸다.

물론 이는 현호가 연수생이었기에 할 수 있었던 또라이 짓이었다. 만약 창원세무서에서 계속 근무할 생각이었다면 튀는 행동은 자제했을 것이다.

자료들은 바로 기자에게 제보했다.

그렇게 공장은 뒤집어졌고 부산청까지 나서게 됐다.

그리고 이날, 비리 여파로 인해 창원세무서장이 자신의 물건을 깨끗이 치우고 떠난 이 빈 사무실에, 서울에서 장명준이 내려와 현호를 불렀다.

"자네, 나 도와서 일 한번 할 생각 없나?"

장명준은 현호의 얼굴을 빤히 바라보고 말했다. 그는 현호를 믿어봄직하다는 생각을 하며 창원까지 내려왔다.

"일이요?"

딸에게서, 장충도에게서, 주 교수에게서 차현호에 대한 이야기는 충분히 들었다.

무엇보다 지금 순간 마주하고 있는 현호의 눈동자가 그런 그의 믿음을 확신으로 바꾸고 있었다.

"자네를 강남세무서에 보낼 거야."

"감사합니다."

현호가 다행이라고 생각하던 찰나.

"편하라고 보내는 거 아니야. 가서 내 일을 해달라는 거지."

"그게 무슨 말씀이신지……."

현호는 의아한 눈빛으로 장명준을 바라봤다. 꽤 눈에 띄는 외모였다. 굵은 눈썹과 우뚝한 코, 묵직해 보이는 각진 턱이 단단한 인상을 주고 있었다.

"강남세무서에 비리 라인이 있어."

"혹시 저보고……."

현호는 예상되는 바를 조심히 언급했다. 왠지 귀찮아질 것 같다는 생각이 강하게 들었다.

"그래, 자네가 그 비리 라인을 찾아냈으면 좋겠어."

이런.

"어떻게 말입니까?"

현호가 찜찜한 얼굴로 묻자 장명준이 테이블에 사진을 툭 내려놓았다.

"월연. 강남에 있는 고급 식당이자 요정이지. 국회의원부터 기업인들까지, 대한민국의 주요 인사들이 애용하는 곳이야."

"월연이 그 비리 라인과 관련 있다는 얘기인가요?"

"추측하기로는 비리 라인과 월연이 사실상 동업 관계야."

"흠……."

현호는 신음을 흘렸다. 연수가 끝나면 세무 공무원이 된다지만 그는 이제 막 스무 살이 된 사회 초년생에 불과하다.

속은 그 곱절의 삶을 살았어도 이런 일은 상식적으로 어려운 일이다.

장명준이 계속 말을 이었다.

"월연의 신고서와 자료들도 가짜야. 진짜는 그 비리 라인이 관리하고 있을 테지."

"그 말은 월연을 건들면 비리 라인을 건드는 것과 같겠네요?"

현호가 유추하자 장명준이 흡족한 듯 고개를 끄덕였다.

"꽤 오래 시간 지켜봤는데, 꼬리가 쉽게 밝히지 않아. 겨우 비리 라인의 한 놈을 찾아냈지만 기껏해야 심부름꾼에, 아무리 주시를 해도 틈을 보이지 않더군. 고민 끝에 방법을 바꾸기로 했네. 얼마 전, 찾아낸 한 놈을 뇌물수수 혐의를 더해 지방으로 발령냈네."

"왜 그렇게."

겨우 잡은 패를 버릴 이유가 있었을까.

"비리 라인에 구멍을 만들었다는 얘기야."

"거기에 저보고……."

이제야 현호는 고개를 끄덕일 수 있었다.

"그래."

장명준은 깍지 낀 손을 무릎에 걸치며 심각하게 눈을 기울였다.

"실패하는 건 상관없어. 하지만 여기서 주고받은 얘기를 결코 입 밖으로 꺼내서는 안 되네. 그러니 못 하겠으면 지금 말해."

현호는 고개를 숙이고 사진 속 월연의 전경을 바라봤다.

바로 대답하기 어려운 문제다.

입술 끝을 빨아들이며 생각에 생각을 거듭했다.

'잘만 하면…….'

하지만 현호도 내심 앞으로의 행보를 고심하던 차였다.

어디로 발령을 받든 창원세무서에서의 일이 또다시 벌어지지 않는다는 보장이 없다.

그래서 만약 강남에 가게 된다면 한번쯤은 썩은 물을 치워낼 생각이었다.

"뭐부터 시작할까요?"

결심을 굳힌 현호가 사진을 손에 쥐었다.

그러자 장명준이 가벼운 미소를 끌어 올리며 말했다.

"벌이 나오게 하려면… 벌집을 건드려야지."

＊　　　＊　　　＊

"선배."

현호는 월연의 자료들을 눈에 담으며 박승아를 불렀다.

한 장 한 장 넘기는 서류들은 현호의 시신경을 거쳐 머릿속에 완벽히 자리 잡고 있었다.

"왜?"

"한 가지 궁금한 게 있는데, 물어봐도 돼요?"

"뭔데?"

박승아는 여전히 서류에 집중하며 대답했다. 그녀는 안경을 들썩이며 마치 이 일에 자신의 운명을 건 것처럼 집중하고 있었다.

"선배는 왜 이 일을 하는 거예요?"

그 질문에 박승아의 집중력이 깨졌다. 그녀는 서류에서 시선을 떼고 현호를 바라봤다.

"훗, 그건 오히려 내가 묻고 싶은데?"

"예?"

"돈 없고, 백 없고, 가진 것 쥐뿔도 없으면 어떻게 해야 할까?"

박승아는 계속 말했다.

"너 세무대학 출신이잖아?"

"예."

"너는 그나마 선배들도 있고, 동문들도 있잖아. 한데 나 같은 사람은 말이야, 혼자 해야 해… 아파도 혼자 아파해야 하고, 넘어져도 혼자 일어나야 하고, 기뻐하는 것도 혼자 해야 해."

"왜 그렇게까지……."

성공에 집착하냐고 묻고 싶었다. 뭐, 상관은 없지만.

"우리 엄마… 참 내, 별 쓸데없는 얘기를 다 하네."

그녀는 얘기를 꺼내려다가 고개를 내저었다. 그리고 피식 웃더니 다시 서류를 손에 집었다.

현호는 다시금 서류에 집중했다.

컴퓨터가 활용됐으면 좋았겠지만 당분간은 희망사항일 뿐이다.

산처럼 쌓인 수기 장부 기장을 살피느라 진도가 더뎠다. 박승아의 시선까지 고려해 그녀의 페이스에 맞추느라 시간이 한없이 느리게 흘러갔다.

하지만 박승아는 결코 상상하지 못할 것이다.

이 모든 자료가 현호의 머릿속에 완벽히 새겨지고 있다는 사실을.

"꼼꼼히 살펴. 이 자료들, 오늘 아니면 당분간 못 봐."

"예?"

현호가 눈썹을 올리자 박승아가 설명을 덧붙였다.

"자료들은 여러 개로 나눠져서 늘 움직여. 그리고 월연 사장과 서장님만이 그 나눠진 자료를 한곳에 모을 수 있고."

현호는 박승아의 얘기를 가볍게 넘기지 않고 귀담아들었다.

"…얼추 끝난 것 같은데."

시간이 없으니 중요한 서류들만 먼저 확인을 끝냈다.

박승아는 그럴싸하게 작성한 신고서들을 한데 모았다.

기획 조사에서 서울청이 주로 보는 건 주류 매입에 대비한 매출 금액.

월연의 과거 신고서를 체크해 봤지만 별문제는 없었다.

물론 문제가 없게끔 오석이 평소에 준비해 뒀다는 얘기이기도 했다.

하지만 앞으로는 박승아가 오석을 대신해 모든 걸 해내야 한다. 그러니 그녀로서는 눈에 불을 켜고 자료들을 확인할 수밖에 없었다.

"여기요."

현호는 자신이 맡은 부분을 정리하고 박승아에게 건넸다. 그녀는 미간을 꾹 누르며 속삭였다.

"피곤하네."

밖은 슬슬 어둑어둑해지고 있었다.

"이제 세무서로 돌아갈까요?"

현호는 창가에 다가가 어깨를 기대고 잿빛으로 물든 구름을 바라봤다.

"비가 쏟아지려나."

혼잣말을 속삭이는 그를 잠시 응시하던 박승아가 입을 열었다.

"아직 끝나지 않았어."

"예?"

"…월연에는 도청 장치가 있어."

"그게 무슨 말이에요?"

"월연에서 도청된 녹음테이프, 그걸 우리가 분류해. 중요한 것과 중요하지 않은 것으로."

"농담이죠?"

믿기 힘들다는 현호의 표정에 박승아는 고개를 가로저었다.

"진짜… 도청 장치라고요?"

"그래, 도청 장치."

박승아가 고개를 끄덕였다.

도청 자료에는 작게는 개인의 밀정에서부터, 크게는 정치자금 로비 내역까지 있었다.

각각의 녹음테이프마다 라벨과 표시가 돼 있고, 그 개수도 족히 수백 개는 돼 보였다.

하지만 박승아는 따로 보관된 10개의 녹음테이프가 든 상자를 내밀었다. 10개의 녹음테이프는 라벨에 숫자들이 적혀 있었다.

"이건, 저것들과 다른 건가요?"

현호가 무심결에 손을 뻗어 녹음테이프를 쥐려 하자 박승아가 그 큰 눈을 반쯤 접고 말했다.

"여기 있는 녹음테이프, 하나라도 들으면 절대 발 못 빼. 무서우면 여기서 그만둘 수 있어."

두 사람은 잠시 서로를 바라봤다.

"어차피 이러려고 저 데려온 거잖아요."

현호는 박승아의 시선을 외면하고 다시 손을 뻗었다.

10개의 테이프를 죽 훑는 그에게 박승아가 설명을 이었다.

"여기서 하나만 골라. 이건 우리들의 약점이 잡힌 녹음 파일이야."

영문을 몰라 찌푸려진 현호의 시선에 그녀는 이해한다는 듯 고개를 끄덕였다.

"그래, 알아. 이해 안 되겠지. 그런데 이렇게 서로의 약점을 잡고 있었기 때문에 이도필 서장님의 라인이 지금까지 유지될 수 있었던 거야. 더럽지만 꽤 확실한 방법이거든."

"여기에… 선배의 약점도 있다는 거군요."

"그래."

서로의 약점을 손에 쥐게 됨으로써 공범이 되고 비리 라인의 한 사람이 되는 것이다.

'3단계.'

곧바로 현호의 3단계 능력이 펼쳐졌다. 시간이 멈춘다.

녹음테이프들 사이에서 무수한 특이점이 사방으로 튀어 나갔다.

"아무거나 들으면 되는 건가요?"

"그래. 오석 조사관님 것도 있고, 내 것도 있고, 심희정 조사관님 것도 있어. 물론 네 것도 있고, 다른 사람 것도 있지."

"다른 사람이요?"

"차차 알게 될 거야."

현호는 녹음테이프 하나를 선택하기 전, 다시 박승아에게 물었다.

"선배 거는 어떤 거예요? 제가 선배 거 들어도 되는 건가요?"

겨울바람에 창이 흔들리듯 그녀의 눈동자에 옅은 떨림이 일었다.

"상관은 없어."

대답을 하고, 그녀의 시선이 녹음테이프를 훑었다. 그러다가 어느 한 지점에서 멈칫했다.

현호가 그녀의 시선을 따라가려는데, 그녀는 다른 쪽으로 시선으로 돌리고 손가락을 내밀었다.

"10번?"

10개의 테이프 중 마지막 번호였다.

아마 그것은 현호의 뇌물 수수 현장이 도청된 녹음테이프일 것이다.

눈을 찌푸린 현호가 고개를 들어 물었다.

"이거 복사본인가요?"

그 말이 재밌는지 그녀가 픽 웃었다.

"복사본을 만들 만큼 대단한 것들은 아니지만, 아쉽게도 복사본이야. 하지만 네 것은 원본일 거야. 시간이 없었거든."

"그럼, 이게 없으면 저는……."

"그래, 그게 없으면 너는 자유일지도 모르지."

순간 현호는 박승아의 의도를 이해할 수 없었다. 이 테이프를 가지고 도망이라도 치라는 건가.

'설마, 그럴 리가 있나. 이것도 테스트겠지.'

결국 현호는 손을 뻗었다.

"이거 들을게요."

자신의 녹음테이프는 꺼내지 않았다. 다시 듣는다고 달라질 것은 없으니까.

박승아가 하얀 이마를 찌푸렸지만 현호는 그녀를 외면하고 카세트에 녹음테이프를 집어넣었다.

천천히 이어폰을 귀에 꽂았다.

10분 뒤, 그는 이어폰을 빼고 녹음테이프를 다시 감아 원래의 자리에 놓았다.

"이제 너는 우리 사람이야."

박승아가 피곤에 절은 얼굴로 현호를 바라보며 말했다.

그 순간이었다.

쾅쾅!

밖이 소란스러웠다. 박승아가 창문으로 달려가 커튼을 젖혔다.

마당의 출입문 너머로 차량과 한 무리 사람이 보였다. 그들은 문을 사이에 두고 마당의 남자들과 대치중이었다.

"뭐야?"

박승아가 당황하는 사이, 마당에 있던 남자들 중 일부가 집 안으로 우르르 달려들어 왔다. 그들은 다짜고짜 서류와 녹음테이프가 든 상자들을 챙겨 뒷문으로 나갔다.

마치 미리 연습이라도 한 듯 그들은 매우 빠르고 정확했다.

삼시 뒤, 뒷마딩에서 휘발유 냄새의 연기가 피어올랐다. 서류를 태우는 것이다.

현호는 아무런 움직임도 없이 그 모든 걸 지켜만 봤다.

어찌할 줄 몰라 망설이는 박승아의 시선만이 그를 재촉할 뿐이었다.

∗   ∗   ∗

"현호야, 입 다물고 있어! 알았지?"

박승아가 현호를 향해 외쳤다.

그 모습은 마치 적군에게 붙잡힌 포로 같았다.

현호는 조사국 사람들에게 끌려가 차에 올라탔다. 그러자 잠시 뒤, 운전석에 앉아 있는 남자가 등을 돌렸다.

"수고했다."

장명준은 흡족한 얼굴로 손을 뻗어 현호의 어깨를 두드렸다.

현호는 그의 예상보다 훨씬 잘해왔다.

목표대로 비리 라인에 들어갔고, 강남세무서와 월연의 유착 관계가 이뤄지는 현장을 잡아냈다.

"이제 어떻게 되는 건가요?"

현호는 창 너머 또 다른 차량에 올라타는 박승아를 바라보며 장명준에게 물었다.

"다 잡아낼 거다. 이미 강남세무서도 조사하고 있거든."

장명준은 차에 시동을 걸었다.

은색 보닛 위로 투둑투둑 빗방울이 떨어지기 시작했다. 이윽고 장명준이 향한 곳은 월연이었다.

"잠깐만 기다려라."

장명준이 차에서 내렸고, 현호는 내리지 않고 밖의 상황을 지켜만 봤다.

서울청 조사4국이 월연을 털고 있었다.

하지만 그들의 움직임은 과거 특무부가 문구점 사건으로 영선중학교를 털 때와 달랐다.

그저 월연의 사람들이 지켜보는 와중에 조사국 사람들이 월연 내부를 차분히 들락거릴 뿐이었다.

특무부가 거친 사내들이라면 조사4국은 단아한 여염집 규수였다.

현호는 그 모습을 보며 눈을 찌푸렸다. 자신이 해온 일에 비해서 너무도 싱겁게 흐르고 있었기 때문이다.

아니, 이는 처음부터 예상 가능한 일이었다.

서울청 조사4국에는 공권력이 없으니까.

일이 마무리돼도 기껏해야 월연에 추징금을 부과하고 압류를 거는 게 전부일 것이다.

그 뒤에 검찰에 고발할 수는 있겠지만 어차피 조사국의 목적은 비리 라인의 타파였으니 이번 일로 소기의 목적은 이룬 것이다.

허무하지만 극적인 마무리는 필요 없다는 얘기다.

월연을 빠져나온 장명준의 차는 강남세무서와 조금 떨어진 장소에 현호를 내렸다.

"수고했다. 당분간은 사람들 시선이 신경 쓰일 테지만, 곧 서울청으로 널 부를 거다."

"그러지 않으셔도 괜찮습니다."

"다시 연락하마."

현호가 강남세무서에 돌아왔을 때는 이미 서울청 조사국이 한바탕 휩쓸고 간 뒤였다.

복도는 여기저기 흩날리는 서류와 사람들로 난장판이었다.

현호는 자신의 자리에서 재킷을 챙겨 부가가치세과를 빠져나왔다. 그를 바라보는 사람들의 시선이 불편했다.

이미 차현호 역시도 비리 라인이라는 소문이 퍼진 상태였기 때문이다.

그러니 사람들로서는 그가 복도를 활개하고 다니는 것이 어이가 없을 것이다.

"쟤는 뭘 믿고 저리 당당해?"

계단을 내려오는데 누군가 흉을 보듯 속삭였다.

현호는 뒤를 돌아보지 않았다. 굳이 반박할 필요는 없었다.

'내가 긴 시간을 위해 노력해서 비리 라인을 잡았습니다.'

라고 소리칠 필요가 없었고.

'그동안의 모든 행동은 연극이었습니다.'

라고 억울함을 토해낼 필요도 없었다.

그저 시작이 있었고 끝이 왔을 뿐이었다.

세무서를 나온 그는 일단 집으로 돌아왔다. 샤워를 하고 옷을 갈아입고 집을 다시 나왔다.

현호는 택시를 타고 그대로 논현동으로 넘어갔다.

택시에서 내린 뒤로는 인적이 드문 길목으로 들어갔다.

그곳에는 작은 식당이 있었는데, 현호의 세무대학 동기인 방호식의 어머니가 운영하는 식당이었다.

"안녕하세요, 어머니."

"어, 왔어? 다들 안에 있다."

현호는 그 말을 듣고 서둘러 방으로 들어갔다. 방호식의 어머니는 그의 등을 스쳐보며 밖을 한번 살피고는 가게 문을 닫았다.

"왔냐?"

현호는 자신을 반긴 이들을 바라봤다.

윤태영, 고련대 법학과 3학년(할아버지 윤승태 현 대법원장).

민철식, 성강대 철학과 3학년(아버지 민정욱 민정당 국회의원).

김구운, 센터대 정치국제학과 3학년(훗날 청와대 최연소 비서실장).

방호식, 현재 사법고시 준비 중.

"잘들 지내셨어요?"

현호는 흐뭇한 미소와 함께 찬대미 회원 네 사람을 바라봤다.

"우리야 잘 지내지."

"그럼 거두절미하고 바로 얘기할게요."

"그래라."

윤태영이 술병을 들어 현호의 잔을 채웠다. 현호는 일단 소주한 잔을 서둘러 들이켰다.

지금까지 그가 세무서에서 행한 일은 이들도 이미 알고 있다.

처음 장명준의 제안을 받았을 때부터 이들과 긴밀히 협조했으니까.

"태영이 형은 아버님께 미리 언질 좀 해주세요."

윤태영의 아버지는 서울중앙지검 2차장이며, 할아버지는 윤승태 현 대법원장이다.

"언질이라고?"

"월연을 칠 준비를 해달라고요. 명분은 제가 만들게요."

월연은 단순한 비리의 온상이 아니다.

정치적으로도 엮인 만큼 검찰을 움직이려면 명분이 필요하다.

장명준은 여기서 멈출 생각인 듯 보이지만 이 게임은 아직 끝나지 않았다.

현호는 이번에는 민철식을 바라봤다.

"철식이 형은 아버님께 부탁해서 한누리당 박한원 의원과 자리 좀 마련해 주세요."

"박한원 의원? 한누리당 당 대표?"

놀란 민철식에게 현호는 녹음테이프 하나를 건넸다.

"여기."

박승아에게 어떤 테이프를 골라야 되냐고 물었을 때, 그녀의 시선이 잠깐 닿았던 테이프였다.

그리고 검찰이 들이닥쳤을 때, 그녀가 창가로 달려간 순간에 슬쩍 빼놓은 것이었다.

하지만 이 녹음테이프로 인해 현호의 계획에 또다시 변수가 생겼다.

"이게 뭐냐?"

"이걸 보이면 박한원 의원과 약속 잡기가 쉬울 겁니다."

"알았다."

윤태영과 민철식은 못 한다는 말은 하지 않았다.

이미 그들은 3년 가까운 시간 동안 현호를 봐오면서 그를 충분히 인정하고 있었다.

타의 추종을 불허하는 머리, 빠른 판단이 보여주는 리더십.

또한 이들 역시도 자신들의 행보를 확고히 하고 있었다.

그러니 아버지들께 부탁을 해도 그것은 철없는 부탁이 아닌, 분명한 의지이자 행동이었다.

"이번에도 기사 터뜨릴 거야?"

김구운이 물었다. 그는 훗날 청와대 최연소 비서실장이 된다. 또한 그의 사촌 형은 지금 mbs에서 기자로 활동하고 있었다.

"아니요."

창원세무서 건은 김구운의 도움을 받았지만 이번 건은 떠벌릴 게 아니었다.

추이를 지켜보면서 그 속에 연관된 수를 파악해야 했다.

"난 무섭다."

조용히 있던 방호식이 입을 열었다. 하지만 얘기와 달리 입가에 미소를 띠고 있었다.

현호 역시 들썩이듯 웃으며 형들의 잔에 술을 채우고 물었다.

"뭐가요?"

"너희 네 사람이 검찰이니, 국회의원이니 하는 걸 보고 있으니까, 과연 찬대미 회원들이 모두 사회에 나갔을 때 어떤 힘을 가지게 될지 말이야."

"무섭기는요."

실은 현호도 예측하지 못하는 일이다. 과연 어떻게 성장할지.

짜잔!

현호는 이들과 술잔을 부딪치고 눈을 번쩍이며 입을 열었다.

"우리 구호 한 번 외칠까요?"

처음 구호를 만들자고 제안한 이는 성강대 철학과 민철식이었다.

그는 현호보다 찬대미 활동에 더 열정적이었다.

또한 찬대미가 보다 확고해질 필요가 있음을 피력하며 종교 이론을 제안했다.

행동, 마크, 이념, 선동, 그리고 감동.

종교가 무서운 것은, 사람들이 구원받을 거라 믿기 때문이다.

무슨 일을 해도 용서받는다고 생각하기 때문이다.

찬대미 창립자이자 회장인 현호는 민철식의 제안을 흔쾌히 받아들였다. 충분히 의의가 있는 얘기였고, 분명 효과가 있었다.

"자!"

민철식이 손을 내밀었다. 방호식이, 윤태영이, 김구운이, 차현호가 손을 모았다.

"우리는 동등하다."

"우리는 함께한다."

"우리는 멈추지 않는다."

"우리가 대한민국의 힘이다."

"우리가 찬대미다!"

다섯 사람의 우렁찬 목소리가 울려 퍼졌다.

*　　　　*　　　　*

같은 날, 저녁 9시.

현호는 강북의 고급 식당에 발을 들였다. 이곳도 월연과 크게 다르지는 않을 것이다.

하지만 고급 식당이 현호의 타깃은 아니었다.

목적이 없는 움직임은 쓸데없는 객기일 뿐이다.

"차현호 조사관님?"

현호를 알아본 이는 한누리당 박한원 당 대표의 보좌관이었다.

"예, 차현호입니다."

현호의 몸수색을 거치고 나서야 보좌관이 길을 안내했다.

"이리로 오시죠."

현호는 그를 따라서 맨 안쪽의 방으로 향했다. 곳곳에서 한복 자락들이 나풀거리는 모습이 보였다. 이곳은 월연보다 더하면 더했지, 못하지는 않을 것 같았다.

드르륵.

미닫이문이 열리자, 나이 든 외모와 달리 깔끔한 헤어스타일의 박한원 한누리당 의원이 앉아 있는 게 보였다. 그는 주름진 눈꺼풀을 들어 현호를 바라봤다.

"나를 보자고 했다던데?"

박한원의 얼굴은 현호의 모습을 보자마자 불길에 던진 비닐처럼 찌푸려졌다. 그는 못마땅한 듯 현호에게 다시 물었다.

"자네가 어떤 얘기를 하느냐에 따라서 민정욱 의원과의 사이가 틀어질 수도 있다는 거 알고 있나?"

"알고 있습니다."

"그래. 바쁘니 본론부터 꺼내게."

현호는 입을 열기 전, 보좌관을 힐끗 쳐다봤다.

박한원이 손을 휘휘 젓자 보좌관이 서둘러 밖으로 나갔다.

이제 단둘이 남게 되자 현호의 눈빛이 달라졌다.

20장

탈고

"그 녹음테이프 어디서 난 거지?"

박한원이 물었다.

"월연이라는 식당에서 주요 인사들의 대화를 도청한 녹음테이프입니다. 물론 의원님께 보내 드린 것은 편집된 복사본입니다."

그 말에 박한원은 오히려 기분이 가라앉은 표정이었다.

"편집되지 않았을 때 들어 있는 내용은?"

박한원이 다시 묻자 현호는 대답을 해줬다.

모든 대답이 끝났을 때, 박한원의 얼굴은 당장에라도 터질 것처럼 아연실색해 있었다.

그는 현호가 써낸 얘기를 다시 듣게 될 줄은 결코 상상도 못했을 것이다. 그날, 월연에서 끝났고, 월연에서 사라졌어야 할 얘기를 어떻게.

"이 얘기, 누가 또 알고 있지?"

박한원이 현호를 노려보며 물었다. 눈빛은 호연하고 색이 바란 눈썹은 세월이 만든 가시 같았다.

그런 시선이야 겁날 것은 없었지만 박한원이 당의 대표이니만큼 현호도 서투른 모습을 보일 수는 없었다.

"월연의 여주인인 최련이 알고 있을 테고, 강남세무서 이도필 세무서장이 알고 있을 겁니다."

"그리고 자네도 알고 있고?"

"그렇겠네요."

현호는 표정 하나 바꾸지 않고 대답했다.

"그래서 원하는 게 뭔데? 기자에게 제보라도 하려나?"

"아닙니다. 대선 자금이야……."

현호는 얘기를 멈췄다. 일순 숨을 고르고 다시 말을 이었다.

"어차피 이미 지난 일이니까요."

"그래서?"

"하지만 이런 약점 잡히고 계실 필요는 없잖습니까?"

현호는 이제부터 박한원에게서 원하는 것을 얻어야 했다. 지금만큼은 특별한 능력도, 회귀를 했다는 이점도 잠시 접어뒀다.

남자 대 남자, 사람 대 사람으로 칼을 겨룬다.

"약점이라."

박한원은 불편한 얼굴을 했다. 약점이라는 뉘앙스가 마음에 들지 않는 표정이었다.

하지만 어쩌겠는가. 그게 사실인 것을.

"월연은 이것 말고도 꽤 많은 걸 가지고 있습니다."

"내가 알고 있었다면?"

박한원은 가볍게 질문을 던졌지만, 마치 잔잔한 수면 위에 던져진 돌처럼 방 안에 긴장을 퍼뜨렸다.

짧은 침묵 뒤에 현호는 미소 띤 얼굴을 천천히 가로저었다.

"그랬다면 절 만나지 않으셨겠죠?"

그 말에 박한원의 눈두덩이 찌푸려졌다.

아무리 친분이 있는 민정당 의원이 부탁을 했어도 박한원이 이 자리에 나올 이유는 없었다. 하지만 그 부탁이 있었으니 현호에 대한 조사는 이어졌을 터.

'분명 오늘 벌어진 월연 사건에 대해 알았을 테지… 그리고 궁금해졌겠지. 일개 세무 공무원이 왜 자신을 만나려고 하는지.'

위로 올라갈수록 발이 저린다.

누구나 발이 저리는 법이다. 아무리 떳떳해도, 발은 저리게 마련이다. 그래서 이 바닥 사람들은 고산병에 걸렸다는 농담을 하기도 한다.

"서울청 조사국이 강남세무서의 비리 라인과 월연과의 유착 관계를 조사했습니다."

"그래서?"

박한원이 심드렁한 얼굴로 되물었다.

"검찰에 전화 한 통 부탁드립니다."

서울청 조사국은 비리 라인을 밝혀낸 것에서만 끝내려는 듯한 모양새다.

하지만 특무부가 이 일을 했다면 월연의 은닉 재산까지 탈탈 털었을 것이다.

그렇다고 지금에 와서 특무부가 나서는 것은 집안싸움을 야기할 뿐이다. 그러니 답은 검찰이다.

"뭣 때문에?"

이번에는 박한원의 눈썹이 조금 꿈틀거렸다. 박한원은 기울인 자세를 뒤척이며 다시 물었다.

"자네가 말한 대로라면 월연에게는 다른 이들의 약점도 많을 것 같은데, 아마 검찰에도 끈이 있지 않을까? 내가 손을 쓴다고 검찰이 움직이겠냐, 이 말이야."

궁금한 듯 보이면서도 현호를 시험하는 시선이었다.

"검찰은 움직입니다."

지금 순간, 찬대미 윤태영이 움직이고 있을 것이다.

"검찰이라……."

초조한 시간이 흐른다.

현호는 박한원의 결정까지 유도할 수는 없었다. 박한원이 거절하면, 여기까지인 것이다.

"이렇게 생각하면 어떨까? 내가 월연을 도와주는 거야. 대신 월연이 가진 자료를 내가 받는 거지. 내 쪽에서는 그게 이득일 것 같은데?"

당 대표 자리에 허수아비로 있는 것은 아닐 터.

"작은 도둑 잡겠다고 큰 도둑을 집 안에 들이시면 나중에 휴지 한 장도 못 얻습니다."

"뭐? 푸하하."

박한원이 대찬 웃음을 터뜨렸다. 한바탕 웃은 뒤, 그는 고개를 절레절레 흔들었다.

"휴지는 그때 가서 생각해 보면 될 것 같은데."

웃음이 그친 박한원의 얼굴이 싸늘하다.

'거절인가.'

일어서려는 박한원에게 현호는 나직이 한 사람의 이름을 언급했다.

"박승아."

그 이름에 박한원이 멈칫했다.

"박승아 조사관도 월연의 일에 연루돼 있습니다. 누군지 모르시겠습니까? 의원님의……."

현호가 딱 하나 확인한 녹음테이프에 박승아와 박한원의 내용이 담겨 있었다. 그래서 박한원을 택한 것이다.

"그만하지."

박한원이 눈을 부릅뜨고 다시 자리에 앉았다.

"어떻게 하면 되나?"

갑자기 박한원의 태도가 변했다. 더 이상 줄다리기를 할 생각은 없는 듯했다. 아니면 박승아의 존재가 박한원에게 있어서는 꽤 큰 리스크일지도 모른다.

'그렇다면 조금 위험할지도.'

현호는 여러 경우의 수를 계산해야 했다.

각오를 하고 만든 자리지만, 어쩌면 스스로 묏자리를 만들었는지도 모르겠다는 생각이 스쳤다.

땀이 고인 주먹을 쥐며 현호는 다시 얘기를 이었다.

"서울청 조사4국에서 월연을 잡았습니다. 매출 누락을 비롯한 탈루 사실을 포착했습니다. 이제 여기서 의원님이 힘을 써주시면 검찰이 바로 움직일 겁니다. 불법 도청, 불법 정치자금, 월연의 성매매… 그밖에도 많을 것 같은데 솔직히 제가 법은 잘 모르겠네요."

찬대미 회원 윤태영의 아버지가 서울중앙지검 2차장이라고는 하나 검찰을 움직이려면 박한원이 직접 나서야 한다. 그것이 바로 명분이다.

"승아는……."

"검찰입니다. 검찰이 나서면 의원님을 커버할 수 있습니다. 박승아를 지키는 거야 일도 아니고요. 오히려 이번 일이 의원님의 정적을 없앨 수 있는 기회가 되실 겁니다."

현호가 박한원의 명분을 만들었으니, 이제 박한원이 검찰의 명분을 만들어야 할 차례였다.

"흠……."

박한원의 눈동자가 요상하게 움직인다. 이리저리 수를 계산하고 있었다.

"내 눈에 자네는 새파란 어린아이야. 내가 자네에게 도박을 걸어야 할 필요가 있을까?"

"감히 스무 살짜리가 지금 의원님을 앞에 두고 있습니다. 쓸모 있지 않겠습니까? 당장이 아니더라도 말입니다."

"그런가?"

"그리고……."

현호는 잠시 멈칫했다가 다시 입을 열었다.

"박승아가 비리 라인에 있었던 것은 의원님과의 관계 때문이었을 겁니다. 의원님의 약점을 지키기 위해서 스스로 노예처럼 살았던 거죠."

박승아는 박한원의 혼외 자식이었다.

그녀가 망설이며 스쳐봤던 녹음테이프에는 박한원과 그녀의 관계가 담겨 있었고, 박한원의 대선 자금 연루 사실이 담겨 있었다.

"승아 선배, 좋은 사람입니다."

현호는 그 말을 끝으로 박한원의 답을 기다렸다.

박한원은 잠시 허공을 바라보며 긴 숨을 내쉬었다.

"그래서… 자네가 원하는 건?"

"그건……."

조심스럽게 입을 여는 현호의 눈에서는 또 다른 광채가 흐르고 있었다.

*   *   *

다음 날, 테이블 위에는 불에 타다만 장부들이 가득했다.

서울청 조사국 사람들이 달라붙어 불에 타지 않은 부분과 탔다 해도 희미하게 남은 부분을 최대한 살리려 노력하고 있었다.

'하… 귀찮은 일을 하네.'

그날 현호는 월연의 수기 장부를 머리에 집어넣었다. 그러니 굳이 이런 귀찮은 일을 거치지 않아도 되었다.

하시민 현호는 장명준에게 더 이상 협조할 의무가 없었다.

장부 역시도 일부 소실되긴 했지만 이 정도면 해당 내역과 해당 인물들을 대조하면 답은 나올 것이다.

어찌 됐든 심희정과 이도필을 압박하는 데는 문제가 없을 것이다.

"이건가?"

장명준의 손이 분주했다. 그는 오석의 책상을 뜯어서 그동안 오석이 처리한 월연의 기존 신고 내역을 찾아냈다. 그 다음으로는 타버린 자료들과 그것들을 비교했다.

"황주혜에겐 자네가 직접 알려줄 건가?"

장명준이 잠시 서류를 보던 시선을 멈추고 현호를 보며 물었다.

"예, 제가 말하겠습니다."

장명준의 얘기로는 황주혜가 의욕이 넘쳐서 홀로 서울청과 연결된 비리 라인을 찾으려고 한 것 같다고 했다.

그 때문에 자칫 일이 틀어질 수도 있었기에 아주 혼을 내줬다고 한다.

물론 황주혜는 아직까지도 현호가 장명준의 제안을 받고 월연에 접근한 것을 모르고 있었다.

하지만 근본적인 문제는 장명준이었다. 그는 강남세무서의 비리 라인과 서울청의 심희정이 연결돼 있음을 알고 있었음에도 현호에게는 서울청의 치부를 알리지 않고 감췄다.

그 때문에 현호는 중간에 갑자기 등장한 황주혜로 인해 잠시 혼란을 겪어야 했었다.

'그나저나… 알게 되면 난리 치겠네.'

현호는 벌써부터 황주혜에게 혼날 것을 떠올리며 눈을 찌푸렸다.

"그나저나 어떻게 검찰이 움직였을까."

장명준은 잠시 서류를 내려놓고 자리에서 일어났다. 지친 한

숨을 내뱉으며 창가로 다가가 뒷짐을 지었다.

그 모습을 보면서 현호는 내심 궁금증이 일었다.

'대체 무슨 생각으로 이런 일을 나에게 맡겼을까.'

위험한 일이었다.

현호의 포지션이 이 일에 적합했을지는 몰라도 풋내기 신입 공무원에게 맡길 일은 아니었다.

어쩌면 장명준이 현호를 무척 좋게 봤거나, 혹은 그 이상의 가능성을 점쳤을지도 모를 일이다.

똑똑.

문을 두드리는 소리에 사무실 내의 조사국 사람들의 시선이 문으로 향했다.

"서울중앙지검 윤선기입니다."

문이 열리고 한 남자가 들어왔다. 그는 들어오자마자 손을 내밀어 장명준과 악수를 나눴다. 악수를 끝낸 그가 이번에는 현호를 돌아봤다.

"자네가 차현호? 이번 일에서 큰 역을 했다던데."

"장명준 국장님께서 시킨 대로 한 것뿐입니다."

현호는 장명준을 스쳐보며 윤선기 검사가 내민 손을 붙잡았다.

서로의 손이 맞닿은 순간, 지금까지의 일들이 현호의 눈앞을 스쳐 갔다.

장명준이 판을 짰고, 그가 말이 됐다.

하지만 현호는 자신이 원하는 흐름과 몇 가지 목표를 위해 새로 판을 짰다.

그래서 찬대미를 움직였고, 강남세무서를 재탄생시킬 발판을 마련했다.

그 밖에 알아낸 것들은 부가적일 산물일 뿐이다.

반면 장명준은 이번 일에서 비리 라인 척결이라는 목표를 이뤄낼 수 있을 것이다. 애초 예상대로 비리 라인과 월연은 완벽한 동업 관계였으니까.

"갈까?"

윤선기 검사가 현호의 어깨를 툭 두드리고 물었다. 현호를 향한 눈빛이 무척 호의적이다.

"예."

현호는 그길로 강남세무서를 나와 윤선기 검사의 차에 올라탔다.

*　　　　*　　　　*

검찰의 움직임으로 인해 서울청 조사국에서 참고인 조사를 받던 이도필 일행과 최련은 서울중앙지검으로 옮겨졌다.

"박승아는 어떻게 하고 있습니까?"

현호의 질문에 윤선기 검사는 고개를 가로저었다. 그건, 박승아가 침묵하고 있다는 뜻이었다.

"어떻게든 그 입을 열어야 하는데 말이야."

"최련도 입을 다물고 있겠죠?"

물어보나 마나한 질문이었다.

"대체 원본을 누가 가지고 있을까."

신호가 바뀌길 기다리는 동안 윤선기 검사는 운전대를 톡톡 두드리며 녹음테이프의 행방을 곱씹었다.

분명 도청된 녹음테이프는 그 원본이 어딘가에 있을 것이다. 윤선기 검사는 그걸 찾고 있었고, 이는 박한원의 의지이기도 했다.

최련이든, 이도필이든, 누군가는 틀림없이 알고 있다.

문제는 그들이 입을 열겠냐는 것이다.

"저들은 아직 자네가 한 일을 모르고 있어."

"예? 그게 무슨."

현호가 눈을 찌푸리고 돌아보자 마침 신호가 바뀌고 차가 출발했다.

핸들을 돌리며, 윤선기 검사가 의미심장한 미소와 함께 말했다.

"자네가 들어가야겠어."

"어디로……."

"저들의 아가미 속으로."

*　　　　*　　　　*

서울중앙지검 조사실.

오석은 지쳐 있었다. 간통이야 합의하면 그만이고, 서울청 조사국이 들이닥친 거야 그저 입 다물고 징계 처분을 기다리면 그뿐이었지만, 검찰은 달랐다.

아침에 끌려와 정오에 이른 지금까지 강도 높은 조사가 이어졌다. 하지만 이제 시작일 뿐이었다.

그때, 벌컥 문이 열리고 차현호가 들어왔다.

현호의 머리카락은 흐트러져 있었고, 볼에는 멍도 있었다.

"현호야?"

"선배……."

검사는 오석의 맞은편에 현호를 앉히고 말했다.

"그럼 두 분, 식사하시고 다시 시작합시다."

검사가 나가자 현호는 주변을 살폈다. 오석이 그에게 속삭여 물었다.

"넌 언제 온 거야?"

"어제요."

"어제?"

오석의 눈이 가득 찌푸려졌다. 그는 현호를 잠깐이나마 안쓰럽게 스쳐봤다.

"젠장… 너도 참 재수 없지."

어떻게 보면 현호는 비리 라인에 막 발을 담그자마자 걸려든 것과 다름없었다.

"미치겠어요. 자꾸만 녹음테이프가 어디 있냐고 묻는데, 저보고 어쩌라는 건지."

현호는 울상 어린 얼굴로 신세 한탄을 했다. 오석의 눈동자가 살며시 흔들렸지만 그는 입을 꾹 다물었다.

"선배… 들으셨어요?"

"뭐가?"

오석이 눈썹을 찌푸리고 물었다.

"세무서장님이 우리 팔아버리고 검찰과 거래하기로 했다는데요?"

"뭐어?"

찌푸리고 있던 오석의 눈썹이 가득 펴졌다. 눈이 동그래지더니 입을 꽉 다물었지만, 다시금 고개를 가로저었다.

　"설마……."

　오석은 불안한 모습을 보였지만 지금 상황을 쉽게 수긍하지 않았다.

　무엇보다 현호의 말을 신뢰할 수 없었다.

　갑자기 나타나 신세를 한탄하는 놈을 믿는다는 것도 어리석은 일이었다.

　그리고 이도필이 미쳤다고 그런 짓을 하겠는가.

　어차피 서로가 서로의 약점을 쥐고 있으니 쉽게 그런 짓은 못할 것이다.

　잠시 뒤, 설렁탕 두 그릇이 들어왔다.

　현호는 수저를 쥐자마자 며칠 굶은 사람처럼 정신없이 먹기 시작했다. 깍두기 하나를 입에 물고 웅얼거리며 오석을 바라봤다.

　"선배, 저 이대로 못 끝냅니다. 어떻게 여기까지 왔는데."

　"뭐라고?"

　"어차피 저야 이제 겨우 발 담근 건데, 저쪽에서도 정상참작해준다고 했어요."

　"그게 무슨 말이야?"

　"서장이 우리 팔기 전에 제가 먼저 팔 거라고요."

　"뭐어?"

　오석의 눈이 다시금 커졌다.

　현호는 오석에 이어 박승아의 조사실에도 발을 들였다. 그를 본 박승아의 눈동자에 떨림이 일었다.

"두 사람 마지막에 함께 있었다던데?"

검사가 묻자 현호는 바닥에 눈을 깐 채 대답을 주저했다. 그러자 박승아가 뭔가를 결심한 듯 입을 열었다.

"얘는 피라미일 뿐이에요."

"피라미?"

"이도필 서장님이 모두 지시한 일입니다."

하지만 검사는 그 말에 별다른 반응이 없었다. 그들에게 이도필은 아무런 쓸모도 없는 존재일 뿐이었다.

최우선 목적은 원본 녹음테이프.

검사가 고개를 휘휘 저으며 비릿한 웃음을 시작으로 입을 열었다.

"그거야 다 아는 사실이고, 원본 녹음테이프 어디 있냐고?"

"그건 모른다니까요."

박승아가 답답한지 한숨을 내쉬었다.

"그쪽은?"

검사가 이번에는 현호를 바라봤다. 마주친 시선에 무언의 사인이 오고갔다.

"아, 씨팔… 미치겠네. 내가 그걸 어떻게 압니까?"

현호는 큰 목소리로 짜증을 내며 욕지거리를 뱉었다. 그러자 검사의 눈빛이 변했다.

"씨팔? 이 미친 새끼가."

검사는 조서를 꾸민 서류 뭉치를 들어 현호의 얼굴을 내려쳤다. 서류 뭉치가 백과사전 두께만 했기에 현호가 그대로 뒤로 나

자빠졌다.

"좋은 말로 안 되겠네. 내곡동 한번 끌려가고 싶어?"

과거 사람들을 벌벌 떨게 만들었던 통칭 안기부는 1995년에 남산에서 서울 내곡동으로 이사를 했다.

검사의 눈은 매서웠고, 현호를 바라보는 박승아의 눈에는 두려움이 담겨 있었다.

"30분 줄 거야. 잘 생각해."

검사가 나가자 박승아가 현호를 일으켜 세웠다.

'아… 자식, 좆나 세게 때리네.'

짜고 치는 고스톱이라지만.

'이게 될까.'

현호는 이런 짓까지 하는 게 무리가 아닌가 생각하며 의자에 앉았다.

'그래, 어차피 여기까지 온 거.'

원본 녹음테이프는 무조건 찾아내야 한다. 그것도 검찰보다 먼저.

"…괜찮아?"

박승아가 현호를 보며 물었다. 그녀의 눈은 피곤에 지쳐 있었고, 입술은 한여름 논바닥처럼 바싹 말라 있었다.

"선배, 많이 힘들어 보이네요."

윤선기 검사는 박승아가 박한원의 혼외 자식이라는 점을 알고 있다.

하지만 그 사실로 인해 그녀에 대한 조사가 형식적으로 그치는 것은 아니었다.

검찰에 들어온 이상 강도 높게 진행해야 한다. 그래야 나중에 그녀에게 면죄부를 줘도 뒤탈이 없다.

"선배, 진짜 몰라요?"

현호의 질문에 박승아는 고개를 가로저었다.

"몰라."

현호는 3단계 능력을 통해 그녀에게서 부조화를 찾아보려 했지만 그녀의 말은 진심이었다.

"너무 걱정하지 마. 이도필, 그 사람 악귀보다 더한 사람이야. 최련도 그에 못지않고. 그러니까… 곧 나갈 수 있을 거야."

그 말에 현호는 픽 웃었다. 박승아가 이마에 주름을 잡고 영문을 모르겠다는 듯 쳐다보자 눈을 부릅뜨고 현실을 알려줬다.

"순진하긴… 선배, 일이 너무 커졌잖아요. 이거 누구는 책임져야 해요. 그 책임, 이도필이 질까요, 아니면 최련이 질까요?"

"그게 무슨……."

"우리는 소모품이라고요. 도마뱀이 왜 꼬리를 자르겠어요? 어차피 잘라도 다시 자라니까."

현호의 따끔한 충고에 박승아의 아랫입술에 두려움이 고였다.

"여기서 나가려면 우리 힘으로 나가야 해요. 그러니까 뭐든 생각해 봐요. 그게 뭐든."

일그러진 현호의 눈에 박승아의 불안한 얼굴이 비쳤다.

* * *

"이렇게 해서 무사하겠어?"

최련은 당당했다. 의자 등받이에 등을 묻고, 팔짱을 낀 채로 감히 검사를 평가하는 시선으로 바라봤다.

"이 아줌마 보통이 아니네."

최련의 어이없는 태도에 검사가 헛숨을 흘렸다. 반면 최련은 시종일관 여유가 있었다.

"영감님 입에서 아줌마 소리 들으니까 기분이 나쁘진 않네."

그녀에게는 정치인이라는 뒷배가 있었고, 도청 자료라는 든든한 시한폭탄이 있었다.

"어이, 최련 씨."

검사가 입을 열자 최련이 바로 얘기를 시작했다.

"나도 알아, 상황이 어떤지. 그러니 이도필 씨하고 나는 넘어갑시다. 나머지는 그쪽에서 입맛대로 쓰시고……. 도청 자료? 내가 알아서 파기할게요."

"당신, 정신 차려. 아무리 문민정부니 어쩌니 해도 당신 하나 어떻게 되는 거, 일도 아니야. 그나마 우리 검찰이 이렇게 얘기나 들어줄 때 미주알고주알 얘기하는 게 좋을 거야. 안기부 애들, 병신 아니야."

아무리 잘났어도 그녀가 고문을 이겨낼 수는 없었다.

시대가 달라졌다지만 민주 항쟁이 일어난 게 불과 8년 전인만큼 아직은 불안한 세상이었다.

일순 감시 흔들리던 최련의 눈빛이 다시금 번뜩였다.

"내가 입 열면, 대한민국 또 뒤집어져."

그녀의 독한 모습에 검사는 고개를 절레절레 흔들었다.

"후회할 겁니다."

검사가 자리에서 일어나자 최련의 목덜미가 꿈틀거렸다.

그 모습을 조사실 옆에서 현호와 윤선기 검사가 지켜보고 있었다.

"독하네."

윤선기 검사가 픽 웃으며 입을 열었다. 현호도 눈을 찌푸리며 최련의 행동을 지켜봤다.

'후… 이도필도 별반 다를 게 없는데.'

박승아는 정말 모르는 듯했고, 오석은 뭔가 아는 눈치였다.

하지만 대체 어떤 약점들을 잡힌 건지 누구도 쉽사리 입을 열지 못했다.

"제가 최련을 만나볼게요."

그 말에 윤선기 검사는 고개를 가로저었다. 할 만큼 했다는 얘기였다.

"더 해봤자 나올 것도 없을 것 같다. 안기부에 넘기라는 지시야."

현호는 당황스러웠다.

안기부라는 얘기에 뒷머리에 소름이 돋는다.

물론 그리로 넘어가면야 어찌 됐든 이 일은 마무리가 되겠지만, 검찰보다 앞서 녹음테이프를 챙기려 했던 현호의 계획은 물거품이 된다.

'여기까지 어떻게 왔는데.'

장명준의 제안에 지난 5개월 동안 생전 해본 적 없는 연기를 하며 살았다. 찬대미까지 동원해 윤선기 검사를 움직였으며, 박한원 의원은 또 어떻고.

그러니 현호는 그들에게 뭔가를 보여줘야 할 책임이 있었다.

자신은 특별하다는 것을 인식시켜 줘야 했다. 이대로 아무런 소득도 없이 끝낼 수는 없었다.

　"이도필을 만나게 해주세요."

　"의미 없다니까."

　"한 번 더 해보죠."

　현호는 윤선기 검사에게 간절한 진심을 보였다.

　잠시 고민하던 윤선기 검사가 고개를 끄덕였다. 둘은 이도필이 있는 조사실로 향했다.

　문 앞에서 윤선기 검사는 말했다.

　"마지막이야."

　"예."

　문이 열렸다.

　현호는 이번엔 비틀거림 없이 당당하게 걸어 들어갔다.

　이도필이 눈을 찌푸려 쳐다봤다.

　현호는 그의 맞은편에 앉았다. 검사가 앉던 자리였다. 그것이 무엇을 뜻하는지 모를 이도필이 아니었다.

　"이런 개새끼를 봤나."

　그 말이 툭 튀어 나오자 현호는 미소를 끌어 올리며 입을 열었다.

　"서장님, 우리 이렇게 하는 건 어떨까요?"

　"뭐?"

　이도필의 눈이 찌푸려졌다.

　"저, 다 불었습니다. 우리가 그동안 했던 일. 저야 이제 막 발 담갔으니까요."

"그래? 자료도 없으면서 네가 뭘 할 수 있는데?"

그 말에 현호는 자신의 머리를 두드렸다.

뒤이어 그의 입에서 월연의 수기 장부 내역이 술술 새어 나왔다.

이도필은 귀신이라도 본 듯한 표정이었다.

"더 읊을까요?"

"호랑이 새끼인 줄 알았는데… 저승사자였네."

"하, 저승사자는 좀 과한데."

이도필의 검붉은 입술을 바라보며 현호는 눈에 힘을 주고 다시 얘길 꺼냈다.

"서장님, 검찰이 왜 움직이겠어요?"

"뭐?"

"검찰이 왜 움직이겠냐고요."

"너 이 새끼, 뭔 헛소리야!"

악을 내지르는 이도필의 모습에도 현호는 아랑곳하지 않았다.

"우리들 뇌물 수수 건은 아무것도 아니에요. 검찰은 원본 녹음테이프를 노리고 있단 말입니다."

"그래서?"

이도필이 흥분을 들썩이며 물었다.

"줘버리죠."

"뭐어?"

"거래하자고요."

"이런, 미친……."

이도필이 어금니를 깨문 그 순간 현호가 냉큼 먹이를 던졌다.

"월연 여주인만 넘기면 우리는 자유입니다."

"…뭐라고?"

"어차피 검찰에서 안 되면 안기부로 갈 건이에요. 서장님이든, 최련이든, 누구는 얘기하게 될 거란 말이라고요. 약점을 쥐고 있다고 위에서 도와주겠어요? 아니요, 그들은 바보가 아닙니다. 이 참에 우리를 처리하려고 하겠죠. 이런 기회 또 오기 힘들 테니까 똘똘 뭉쳐서 우릴 죽이려고 하겠죠."

이도필의 목울대가 꿀렁꿀렁 움직인다.

검찰에 들어온 순간부터 이도필을 내내 불안하게 했던 게 그것이다.

"그러니 차라리 검찰에게 먹이를 주자고요. 녹음테이프를 넘기면, 최련이 독박 쓰는 거예요. 그럼 우리는 나갈 수 있다고요."

이도필은 코끝을 찌푸리며 책상과 현호를 번갈아 보며 생각을 이어갔다.

현호는 계속했다. 이번에는 이도필의 귓가에 바싹 다가가 속삭였다.

"제 머리에 월연의 모든 자료가 있어요. 검찰에 다 넘겼지만 딱 하나, VIP 명부는 안 넘겼어요. 그 말이 무슨 뜻인지 아시죠? 제2의 월연을 만들 수 있다는 얘기입니다."

"제2의 월연?"

"어차피 서장님은 다시 강남세무서에 못 돌아가잖아요. 저도 그렇고, 박승아도, 오석도… 우리는 끝났다고요."

이도필도 그걸 모를 리가 없다.

"우리 잡아넣어 봤자 검찰한테는 피라미잖아요. 매운탕거리도 안 되는 피라미. 그러니 녹음테이프를 넘기면, 검찰은 최련만 문제

삼을 겁니다. 제가 그렇게 제안했더니 마음에 들어 하는 눈치고."

"널… 어떻게 믿고?"

그 질문과 달리 이도필의 눈은 지금의 제안에 동하고 있었다. 흔들린다.

"날 믿지 마시고, 수를 믿으세요. 지금 서장님이 가진 수가 뭐가 있는지."

현호는 이제 확신할 수 있었다.

'이도필은 흔들리고 있다.'

조금만 더, 조금만.

"그래, 좋아. 근데 검찰은 또 어떻게 믿어?"

"이렇게 하세요. 나를 먼저 내보내라고 엄포를 놓으세요."

"뭐?"

이도필의 눈썹이 들썩인다. 이건 뭔 개소리냐는 시선이다.

"검찰에게 믿음을 보여달라는 거죠."

"그래서?"

"제가 나가서 중요한 녹음테이프 몇 개만 복사를 하고 검찰에 넘기는 겁니다. 안전빵은 있어야 하니까."

"그, 그렇지."

기가 막히다.

이도필은 저도 모르게 고개를 끄덕였다.

현호는 자세를 가다듬고 다시 이도필을 바라봤다. 이렇게까지 해도 안 되면, 끝이었다.

그때 이도필이 나직이 속삭였다.

"이리 가까이 와."

현호가 다가가자 이도필이 얼굴을 가져다 댔다.

＊　　　　＊　　　　＊

창석이의 오토바이가 청담동 건물 앞에서 멈췄다.

현호는 이도필의 얘기를 떠올리며 오토바이에서 내렸다. 창석이가 그에게 물었다.

"기다릴까요?"

"아니야, 넌 그냥 가."

"형, 무슨 일 있으면 얘기하세요."

"그래."

창석이의 오토바이가 사라지는 것을 보고 건물을 올려다봤다.

"녹음테이프는 어르신이 가지고 있어."

이도필이 얘기한 어르신.

현호가 건물에 발을 들이자 남자들이 앞을 막아서고 물었다.

"너 뭐야?"

"강남세무서 부가가치세과 차현호."

"뭐? 뭔 과? 이 새끼 보게, 말이 짧네."

건달이 현호의 어깨를 움켜쥐었다. 그러자 현호는 픽 웃으며 녀석을 노려봤다.

"내가 지금 기분이 엿 같은데. 마치 장기판의 졸이 된 기분이야."

"뭔 개소리……."

픽!

현호는 건달의 목을 내려치고, 옆에 있는 놈의 뱃가죽에는 오른발을 꽂았다.

좀 전까지 어깨를 붙잡았던 건달이 허리를 푹 숙이자, 현호는 녀석의 머리카락을 움켜쥐고 나직이 속삭였다.

"가서 전해. 강남세무서 부가가치세과 차현호가 강남 큰손 박거성을 뵈러 왔다고."

*　　　　*　　　　*

철컥.

문이 열리자 감색 소파에 등을 기대고 있는 박거성이 보였다. 그는 장부를 눈으로 훑고 있었다.

"왔습니다."

박거성의 오른팔인 송만호가 곁으로 조심히 다가가 그의 귀에 속삭이듯 보고를 올렸다.

"들어오라고 그래."

송만호가 나가고, 잠시 뒤 새파랗게 어린 녀석이 들어왔다.

몸은 호리호리하고, 눈은 부리부리하며, 입은 제대로 여물어 있었다.

"우리가 구면이던가?"

박거성의 질문에 현호는 고개를 한 번 끄덕이고 답했다.

"4년 전에 뵌 적이 있었죠."

태권도 어머니의 명의 대여 사건에서 박거성은 증인으로서 심의에 참석했었다.

서로가 얼굴을 마주하며 한자리에 앉는 것은 그날 이후 처음
이었다.

"앉아."

박거성은 현호에게 소파에 앉을 것을 권했고, 현호는 박거성
의 손이 닿을 만한 거리에 앉았다.

"여긴 왜 온 건데?"

서류를 내려놓은 박거성은 두 손을 가볍게 벌리며 영문을 모
르겠다는 얼굴로 물었다.

"월연 때문에 왔습니다."

현호는 빙빙 돌리지 않고 얘길 꺼냈다. 그러자 박거성은 고개
를 갸웃거렸다. 이마에는 힘줄이 솟았지만 그저 나이에 따른 주
름일 뿐이었다.

"월연?"

"이도필 세무서장에게 들었습니다. 월연의 실질적 주인이시라
고."

"무슨 말을 하는지 모르겠네."

박거성은 변색된 치아를 보이며 피식 웃었다.

"돈에 이름이 쓰여 있나? 아니면 내 이름이 월연에 박혀 있나?"

"돈에 이름은 쓰여 있지 않아도, 흔적은 남는 법입니다."

세무사들 사이에서의 소문은 꽤 정확한 편이다.

사실 현호는 박거성을 주시하고 있었다.

강남 큰손이라는 존재를 외면할 정도로 현호가 시간과 돈에
있어 여유가 있는 것은 아니었다. 그래서 창석이에게 박거성의

신상을 알려주고 그와 연관된 사업장을 가능한 모두 알아봐 달라고 부탁했었다.

창석이의 친구들은 강남 일대에 없는 곳이 없었기 때문이다.

주방이면 주방, 식당이면 식당, 배달이면 배달, 대부분의 사업장에 한둘은 뿌리내리고 있었다.

현호는 그런 식으로 박거성이 바지사장을 세워놓은 사업장들을 모두 찾아냈다.

그런데 지금에 와 전부 쓸데없는 짓이었다.

'월연이 박거성의 것일 줄이야.'

등잔 밑이 어둡다더니.

"훗……."

박거성이 코웃음을 쳤다.

"반은 맞고, 반은 틀렸어. 그곳에 내 돈이 들어간 게 사실이지만 모두 회수하고 손 뗀 지 오래야."

박거성은 서류를 다시 손에 집으며 퉁명하게 말했다.

"할 얘기 끝났으면 가봐. 여기가 어디라고."

입맛을 쩝 다시는 그를 보며 현호는 미동 없이 두 손을 모은 채로 설명을 붙였다.

"검찰에서 월연 수사하시는 거 아시지 않습니까?"

"알긴 아는데, 나한테까지 오겠나."

박거성에게 믿는 구석이 있는 걸까.

"제가 귀찮게 해드릴까요? 어르신 업장들 꽤 많이 알고 있는데… 좀, 아니, 많이 귀찮게 해드릴까요?"

치졸하다. 현호는 자신에게 당장 쓸 패가 이것밖에 없다는 것이 안타까웠다. 그렇지만 얘기를 멈출 수는 없었다.

"월연, 커미션 장사를 하더군요. 지갑 속 현금을 보여주면 현금 계산을 유도할 줄 알았는데, 오히려 저한테 법인 카드를 쓰라고 제안하더군요. 100만 원을 긁으면 30만 원 돌려주겠다는 거죠. 아마 카드 매출 역시도 월연이 아닌 다른 상호, 다른 업장으로 가겠죠?"

"그게 뭐? 그거 잡겠다고?"

박거성이 싱겁다는 투로 말하자, 현호는 고개를 가로저었다.

"그냥요. 생각해 보니까 어르신이 커미션 같은 자잘한 일을 할 정도라면, 강남 큰손이라는 말이 우습잖아요."

"뭐?"

박거성이 얼굴을 찌푸렸다. 현호 역시도 미간을 찌푸렸다.

좀 전에 커미션 얘기를 꺼냈을 때, 박거성의 얼굴에 변화가 일어난 것을 이미 간파한 현호였다.

어쩌면 월연의 최련은 박거성의 말을 안 듣고 제멋대로 설쳤을지도 모르겠다는 생각이 현호의 머리를 스쳤다.

"그래서?"

박거성은 현호를 뚫어지게 바라보더니 서류를 거칠게 밀어내고 말했다.

"그래서, 나보고 어떻게 하라고?"

"통 크게 가시라고요."

"허… 허허! 미치겠네. 어린놈이 감히 여기가 어디라고… 뭐? 통 크게?"

"녹음테이프, 그거 가져서 뭐하시게요?"

순간 박거성의 웃음이 그쳤다.

삐뚤삐뚤한 입술이 현호를 잡아먹을 듯이 벌어졌다. 그 속에서 박거성의 욕망이 새어 나왔다.

"남들은 말이야, 나보고 사채업자네, 땅장사꾼이네, 국민학교 졸업도 못 한 병신이네… 이 지랄을 하거든? 나를 아주 우습게 본단 말이야."

박거성은 국민학교마저 중퇴했다. 그래서 자격지심이 보통이 아니었다.

"그런 내가 대한민국을 움직일 수 있다는 말이야. 그것만 있으면 말이지."

잠시 부딪친 시선, 현호가 피식 웃음을 보였다.

"진짜 통 작으시네."

"뭐어?"

박거성이 눈을 부릅떴다. 당장에라도 현호를 요절내겠다는 듯 얼굴이 일그러졌다.

그런데 현호는 오히려 상체를 숙이고 박거성의 코앞까지 다가왔다.

"제가 어르신께 대한민국을 움직일 수 있게 해준다고 하면… 믿겠습니까?"

현호는 박거성을 뚫어지게 바라봤다.

박거성의 눈에 비친 그는 이제 겨우 스무 살 애송이.

그 애송이의 말을 박거성이 얼마나 귀담아들을지 내심 궁금했다.

현재 현호는 미래를 알고 있어도 당장 뭔가를 움직일 만큼의 재력이 없었다.

은행에 넣어두기만 해도 이자가 10퍼센트가 붙고, IMF가 터져 900원대 환율이 1,900원까지 오른다는 것을 알지만, 정작 현호에게는 자본금이 없었다.

주식이나 땅을 산들, 오르는 것은 좀 더 훗날이기에 당장 현금을 마련할 재간이 없었다.

그렇다면 답은 시간인데……

만약 박거성의 재력에 편승한다면 그 시간을 단축할 수 있다. 보다 빨리, 보다 확실히 부를 끌어올릴 수가 있다.

그리고 정말 박거성이 현호에게 이대로 올인하겠다고 마음을 먹는다면, 박거성이라는 존재는 이 대한민국을 흔들 만큼 커질 것이다.

'상상할 수 없을 정도로 커지겠지.'

말도 안 될 것 같았던 인맥의 시도는 찬대미를 통해서 자리를 잡았다.

박거성이라는 존재를 움직이는 게 불가능은 아니라는 얘기였다. 최소한 시도는 해봐야 했다.

"대한민국을 움직이게 해준다고?"

박거성이 어이가 없다는 듯 다리를 꼬고 현호를 바라봤다. 기가 막히는지 걸걸하게 웃음을 토하고선 미간을 찌푸린다.

"감히 어디서 이 새파란……"

"제 피부는 하얀 편인데……. 어르신한테 득이 되는 일을 가져온 겁니다. 싫다고 하시면 일어나겠습니다. 어차피 녹음테이프도 안 줄 것 같고. 아, 그리고… 대한민국에 돈 있는 사람, 어르신 한 사람만이 아닙니다."

"뭐?"

현호가 자리에서 일어나 바로 문고리를 잡자 박거성이 끙 하고 소리를 냈다.

"다시 앉아!"

그 말에도 현호가 멀뚱히 서 있자 박거성이 손을 들어 소파를 두드렸다.

"앉으라니까!"

다시 현호가 소파에 앉았다.

"그래서 뭐야, 어떻게?"

박거성은 테이블의 물 컵을 손에 쥐며 현호를 바라봤다.

"어르신의 전 재산을 제게 맡기세요. 그러면 됩니다."

"풋! 뭐? 뭐?"

마시던 물을 뿜은 박거성이 현호를 노려봤다.

"전 재산을? 너 미쳤냐?"

박거성은 이 황당한 어린놈을 보며 턱에 흐르는 물기를 거칠게 닦아냈다.

"선택은, 어르신이 하는 겁니다."

현호는 침묵 속에서 박거성의 결정을 기다렸다.

나가라고 하면 나갈 것이다.

박거성에게는 보여줄 만큼 보여줬다.

갑자기 찾아왔는데도 태연한 것을 보면, 월연과 차현호의 연관성을 어느 정도는 짐작하고 있을 터.

다만 문제는 박거성이 자신의 전 재산을 투자할 만큼의 값어치를 현호가 보여줬는지는 확신하기 힘들었다.

'성급했나.'

좀 더 시간을 뒀어야 했나.

아무리 미래를 알고, 속에 마흔 줄의 아저씨가 들어앉아 있은들, 현호 역시도 초조함까지는 어쩔 수가 없었다.

당장 코앞으로 다가올 IMF, 그때까지 기다릴 수가 없었다.

박한원 의원을 만나 검찰을 움직였을 때만 해도, 현호 역시 박거성의 생각처럼 녹음테이프로 뭔가를 이뤄보려고 했었다.

당장 계획은 없었지만 일단은 녹음테이프를 손에 넣는 게 급선무였다.

하지만 박거성의 존재를 알게 됐고, 지금 눈앞에 박거성이 앉아있다.

그래서일까. 마음이 조급해졌다.

'너무 순진한 생각이었을까.'

박거성의 부를 이용할 생각은 너무 안일했을까.

"그러니까 나보고 널 키워달라?"

생각이 끝났는지, 박거성이 물었다.

"아니요."

현호는 고개를 가로저었다. 그리고 분명하게 말했다.

"제가 어르신을 키우는 겁니다. 대한민국 최고로."

잠시 박거성은 웃음도 일그러짐도 없는 시선으로 현호를 바라본 뒤에 입을 열었다.

"가봐."

"예."

현호는 밖으로 나갔다. 더 이상 녹음테이프는 의미가 없어졌다.

박거성이 제안을 받아들이지 않는다고 해도, 그에게 녹음테이프를 빼앗는 것은 사실상 불가능했다. 그렇다고 검찰을 다시 움직이기에는 리스크가 크다.

밖에서 대기하던 박거성의 오른팔 송만호는 현호의 뒷모습이 사라지고 나서야 사무실로 들어갔다.

*   *   *

"뭐라고요?"

검찰청에 돌아온 현호는 당황스러웠다.

녹음테이프가 도착한 것이다. 박거성이 사람을 시켜 녹음테이프들을 검찰에 보냈다.

'내 제안을 받아들인 건가?'

혼란스러웠지만 현호는 평정심을 유지했다. 미처 예상하지 못한 상황일 뿐이었다.

"그럼 이제 어떻게 할 거냐? 저 사람들을 풀어줄까?"

"당연히 아니죠. 오직 박승아, 한 사람만입니다."

현호의 말에 윤선기 검사는 아리송한 미소를 그렸다.

어찌 됐든 볼일은 끝이 났으니 검찰청에 계속 있을 필요가 없었다.

"수고하셨습니다."

현호는 윤선기 검사에게 깍듯이 인사를 하고서 고개를 들었다. 그런데 윤선기 검사의 얼굴에 좀 전까지 서려 있던 미소가 지워져 있었다.

"지켜보겠네."

무슨 말인가 싶어서 고개를 갸우뚱하니 윤선기 검사는 미소를 다시 보였다.

"자네가 어떤 사람이 될지 궁금해졌거든."

"제가 어떤 사람이 되든 간에 그 곁에는 태영이 형이 있을 겁니다."

윤선기 검사는 만족한 듯 고개를 끄덕였다. 현호는 뒤를 돌아 나가려다가 다시 멈칫했다.

"아, 저… 부탁이 하나 있는데."

*　　　　*　　　　*

최련은 지쳐 보였다. 그녀는 수갑을 차고 있었고, 망연자실한 표정으로 조사실에 앉아 있었다.

"너, 넌?"

현호가 다가가자 최련의 거친 숨결이 현호의 와이셔츠 자락을 흔들었다.

"안녕하세요, 아줌마."

"아, 아줌마? 이 개자식아!"

이를 드러낸 최련의 모습이 왠지 가여워 보였다.

현호는 다가갔다. 아주 가까이.

그녀가 물어뜯지 못하는 범위 내까지 다기기니 서로가 코앞까지 가까워졌다.

"큰일이네요. 이제 곧 겨울인데… 교도소, 많이 추울 겁니다.

아, 영치금은 못 넣겠다⋯ 돈 아까워서."

현호는 씨익 웃어줬다.

"야!"

"잘 가요."

"나만 죽을 것 같아? 내가 너 물고 들어갈 거다! 이 개자식아!"

최련은 끝까지 발악을 했지만 현호는 어깨를 들썩이며 미소를 한층 더 끌어 올렸다.

"더 발악해. 그래야 이 순간을 오래 기억하지."

현호는 작별의 손짓을 끝으로 조사실을 빠져나왔다.

최련의 절규가 조사실을 넘어 복도까지 들려왔지만, 현호는 만족스러운 얼굴을 들고 건물을 빠져나왔다.

잠시 검찰청 앞에서 기다리자 10분 뒤, 박승아가 나왔다.

그녀는 영문을 모르겠다는 얼굴이었다.

"자요."

현호는 인근 슈퍼에서 사 온 두부를 건넸다. 그녀의 눈이 붉게 물들어 있었다.

"어떻게 된 거야?"

그녀가 물었다. 판은 끝났지만, 그녀는 어떻게 끝났는지 알지 못했다.

"다 끝난 거죠. 저는 강남세무서로 돌아가고, 선배는⋯ 다시 시작하는 거예요."

"다시⋯ 시작한다고?"

"네."

현호는 고개를 끄덕였다. 왠지 그녀에게 힘을 주고 싶어서 눈에 힘을 콱 주고 힘껏 끄덕였다.

그때, 빵 하고 소리가 울렸다.

둘이 고개를 돌리자 정문에 검은 차량 한 대가 서 있었다.

현호는 뭔가 싶어 미간을 찌푸린 뒤에야 운전석에 앉아 있는 남자의 정체를 알 수 있었다.

"가보세요."

"누군데?"

박승아가 물었다.

"이제 누나의 든든한 버팀목이 될 사람."

눈치챈 걸까.

박승아의 눈에서 눈물 한 방울이 또르르 흘렀다.

"아, 하나 묻고 싶은 게 있는데."

서울청 조사국이 월연에 들이닥치기 직전, 박승아가 현호에게 보인 행동은 진심으로 후배를 위하는 선배처럼 보였었다. 그게 내내 마음에 걸렸었는데.

"응? 뭔데?"

박승아는 볼에 흐른 눈물을 훔치며 물었다.

현호는 마주친 그 눈을 바라보다가 이내 고개를 가로저었다.

"아니에요. 가봐요."

"현호야."

"어서."

박승아의 어깨를 툭 쳤다. 그러사 그녀기 차로 다가갔다.

차에 오르기 전, 그녀는 현호를 다시 돌아봤다. 짧은 시간 두 사람의 사이에는 미소가 오갔다.

'훗…….'

버스에서 내려 집으로 향하면서 현호는 길가에 웃음을 흘리며 걸었다.

'박승아 덕분에 일이 재밌게 흘렀어.'

그녀의 존재는 변수 그 자체였다. 그놈의 변수.

'박거성…….'

그가 제안을 받아들일지에 대한 것은 더 이상 생각을 하고 싶지 않았다. 그저 일이 끝나서인지 허무함과 공허함이 밀려왔을 뿐이었다.

'이제 부가가치세과는 안 되겠지.'

지금이야 비리 라인의 한 사람이라는 소문이 났지만 곧 있으면 서울청의 스파이였다는 소문이 돌 것이다. 세상에 비밀은 없으니까.

'법인세과로 갈까… 대충 가지, 뭐.'

굳이 나서서 무엇을 할 필요는 없었다. 그냥 가면 될 뿐이었다.

"어이, 공무원 양반."

놀이터를 지나는데, 현호의 앞에 한 무리 남자가 나타났다. 한눈에 봐도 건달이었으며, 나 월연의 사람입니다, 라고 이마에 쓰여 있었다.

"훗."

현호의 입꼬리가 올라갔다. 건달들도 피식 웃으며 그에게 한 발 다가왔다. 그런데 건달들의 입가에 서린 웃음이 빠르게 사라졌다.

현호의 주변에 하나둘 사람들이 모이고 있었다.

바로 창석이와 그의 친구들이었다.

그 수는 점점 늘어나 누가 봐도 현호 일행이 압도적이었다. 건달들은 상대도 안 될 게 분명했다.

현호는 주춤하는 건달들을 향해 말했다.

"꺼져, 뒈지기 싫으면."

*　　　　*　　　　*

"당분간은 형 주변에서 애들이 지킬 거예요."

"그래, 고맙다."

현호는 창석이의 목덜미를 툭툭 두드리며 흡족한 미소를 보였다.

아무리 현호가 잘났어도 혼자서 다수를 상대할 수는 없었다. 그러니 창석이와 그 일행이 함께 있다는 것은 분명 든든한 보험이었다.

현호는 오토바이에 오른 강창석을 뚫어지게 바라봤다.

"왜요?"

"아니야, 그냥."

사실 이상한 게 하나 있었다.

박거성에게 찾아갔을 때, 강창석은 박거성의 건물까지 단 한 번의 헤매임도 없이 도착했었다.

참 신기할 정도로.

*　　　　*　　　　*

서울청 조사4국장 장명준.

강남 큰손 박거성.

두 사람은 바둑을 두고 있었다. 장명준이 반집 차로 앞서고 있었다.

"흠… 이거 들어갈 곳이 없네."

"들어갈 곳이 없으면 빼앗아야죠."

장명준은 손에 쥔 검은 돌을 만지작거리며 박거성이 놓을 수에 이어질 다음 수를 고려하고 있었다.

"차현호라면 어떻게 하려나?"

박거성이 턱을 쓸어내리며 혼잣말을 하자 장명준이 피식 웃으며 말했다.

"녀석이라면 이미 몇 수 앞을 내다봤을 겁니다."

장명준은 확신하듯 말하고는 돌을 내려놓았다.

"아무래도 제가 이긴 것 같습니다."

"하여간 머리 좋은 놈들 이기가 힘들어."

끙 앓는 소리를 삼키며 박거성이 고개를 내저었다.

"직접 이겨서 뭐하시게요. 제가 봤을 때, 어르신은 바둑보다는 장기 타입입니다."

장기는 박거성이 장명준보다 한 수 앞섰다.

하지만 지금 장명준이 얘기한 것은 그런 걸 두고 말한 것은 아니었다.

"한데 말이야, 나는 아무래도 내가 졸이 될 것 같은 느낌이 든단 말이야."

박거성은 차현호를 생각하면 그런 생각을 지울 수가 없었다.

그러자 장명준이 동의하듯 고개를 끄덕였다.

"그럴 수도 있겠네요. 그 녀석이라면."

장명준은 그동안 현호를 지켜봤다.

박거성의 제안을 들었을 때, 말도 안 되는 일이라고 생각했었다.

하지만 주 교수에게서 현호가 모의 세무조사에서 벌인 일을 전해 들었을 때는 솔직히 온몸에 전율이 흘렀었다.

"살펴가게."

"가보겠습니다."

장명준이 나가자 밖에 있던 송만호가 들어왔다.

"지난번에 차현호와 무슨 얘기를 하셨습니까?"

송만호가 묻자 박거성은 그때를 떠올리며 다시 헛웃음을 뱉었다.

"빨리도 물어본다."

"어르신이 생각이 많아 보여서요."

송만호는 박거성이 생각에 잠겨 있거나, 혹은 기분이 나쁠 때는 침묵으로 자리를 지킨다.

"그 자식이 내 전 재산을 달라네?"

"훗."

"어쭈, 웃어?"

늘 포커페이스를 유지하는 송만호가 오랜만에 보인 웃음이었다.

"어르신 눈이 틀리지 않은 것 같습니다."

송만호가 미소와 함께 말했나. 박거성도 그 얘기에는 미소를 보였다.

"그래, 난놈이 제대로 크긴 했어."

그동안 박거성은 송만호를 시켜 현호를 지켜봤다. 세무대학 생활도 지켜봤고, 창원세무서 건도 지켜봤다. 찬대미인지, 뭐시기를 만드는 것도 지켜봤다. 그리고 확신했다.

될성부른 나무는 그 떡잎부터 남다른 법.

이 녀석은, 대한민국을 움직일 것이다.

하지만, 하지만 말이다.

그래도 전 재산은 아니지 않나.

"넌 어찌하는 게 좋겠냐?"

"사장님 생각하고 같습니다."

그 말에 박거성이 눈을 찌푸렸다. 뭘 물어보면 송만호가 늘 하는 대답이었다.

"너 이 자식, 그동안 지켜보니까 그냥 생각하기 귀찮아서 나한테 떠넘기는 거지?"

"아닙니다."

"아닌데… 이 자식."

박거성은 송만호를 위아래로 노려본 뒤, 다리를 꼬고 흔들었다.

'어떻게 한담.'

큰 결정이다. 모험이다. 미친 짓이다.

녹음테이프는 검찰에 보냈지만, 아직 확실한 결정은 없었다.

"그런데 사장님."

"왜?"

"차현호한테 붙여놓은 놈 말입니다."

"강창석이?"

차현호에게 붙여놓은 강창석이.

"예."

"글마가 왜?"

"이제 못 하겠다는 데요."

"뭐라고?"

"차현호한테 미안해서 더는 못 하겠답니다. 돈을 더 준대도 싫답니다."

"허, 차현호를 감시하라고 붙여놨더니 차현호 사람이 됐다, 이 거야?"

박거성은 입술을 매만지며 미소를 들썩였다. 눈을 지그시 감으며 나직이 속삭였다.

"난 말이야, 왠지 차현호 자식이 강창석의 존재를 알고 있었을 거라는 생각이 든단 말이야……."

설마, 설마겠지만.

"장명준은 어떻게 할까요?"

송만호가 서울청 조사4국장에 대해 물었다. 박거성은 천천히 고개를 끄덕였다.

"잘했으면, 적당히 상을 줘야지."

장명준의 비리 척결. 이는 박거성의 계획이기도 했다.

현호의 예상대로 월연의 최련은 커미션 장사를 하고 있었다. 그것이 박거성의 심기를 건드렸다.

애초 박거성은 돈이 아닌 정보를 위해서 월연을 만들었다. 그런데 최련은 욕심을 냈다.

식당에서 물장사를 하지 않나, 돈 몇 푼 아끼겠다고 세무서 공무원들과 쿵짝쿵짝하지를 않나.

이쯤에서 월연을 갈아엎을 생각이었다.

그러던 차에 차현호를 강남에 올려 시험해 보는 것도 좋게 다는 생각이 들었다.

그래서 박거성은 서울청 조사4국장 장명준을 움직여 현호와 접촉했다.

물론 처음부터 녀석에게 불리한 게임이었기에 쇠꼬챙이도 하나 챙겨줬다. 그게 강창석이다.

"재밌어. 재밌는 놈이야."

판을 짜놨더니, 판을 갈아엎고 새로 만들었다.

*　　　*　　　*

강남세무서는 빠르게 정리됐다. 새로운 세무서장이 부임됐고, 예상대로 부임 첫날, 그는 차현호를 불렀다.

"그래, 장명준 국장에게 얘기는 들었네."

세무서장의 말에 현호는 눈앞의 세무서장이 장명준의 사람임을 바로 알 수 있었다.

'하긴, 강남을 잡고 있으면 앞으로 장명준 국장도 앞날이 편해질 테니.'

현호의 이전 삶에서의 기억에 장명준은 없었지만 장명준의 행보는 분명 뭔가를 이뤄낼 만큼 분주했다.

'뭔가 바뀌는 걸까.'

미래가 바뀐다는 것은 현호에게 있어 좋은 일은 아니었다.

설사 바뀐다고 하더라도 그가 의도한 방향으로 바뀌어야 한다. 그렇지 않다면 회귀를 했다는 장점이 없어진다.

"서울청은 싫다고 했다며? 그래, 어디로 가고 싶나? 어느 과든 원하는 대로 옮겨주지."

현호는 장명준의 제안을 거절했다. 이번 일을 겪으면서 서울 청의 한계를 분명히 깨달았기 때문이다.

'차라리 가려면 특무부지.'

그곳이라면 힘이 있다.

서울청 조사국은 특무부로 인해서 사실상 그 존재감이 옅어 지고 있었다.

특무부는 신속 대응과 은닉 재산 환수라는 특수 목적하에 창 설된 만큼 이미 서울청 조사국의 권한을 뛰어넘었다.

그러니 국세청이라는 같은 하늘 아래에 있어도 서울청 조사국 과 특무부 사이에는 좋은 관계가 유지될 수 없었다.

하지만 특무부는 현호의 계획에 고려 대상이 아니다.

"전 법인세과로 부탁드립니다."

"법인세?"

"예."

법인세과도 이번에 꽤 많은 인원이 빠졌다.

최런이 뒤늦게 비리 라인 전부를 불었다. 이도필과 현호가 대 화를 나누는 영상을 보여주고, 박거성이 보낸 녹음테이프를 보 자마자, 그녀는 검사의 바짓가랑이라도 잡을 기세로 비리 라인 을 전부 불었다.

"알겠네."

세무서장의 허가가 떨어지고 현호는 부가가치세과로 향했다.

오석의 빈자리, 박승아의 빈자리가 눈에 보인다.

든 자리는 몰라도 난 자리는 눈에 띄는 법이다.

쓸쓸함을 삼키고 싶지는 않았다. 이런 일은 예상한 바다.

현호는 물건들을 상자에 가득 챙겼다. 그다지 가져갈 것은 없었다. 서류들이야 머릿속에 다 있었고, 그저 몸만 움직이면 될 뿐이었다.

계단을 밟고 법인세과로 향했다.

그곳에 들어가자 현호를 쳐다보는 사람들의 시선이 매서웠다.

현호에게는 누구도 말을 붙이지 않았다. 물론 알은척하는 사람도 없었다.

현호가 그동안 부지기수로 법인세과에 발을 들이며 신입티를 냈던 것이 서울청의 개 노릇을 하느라 그랬다는 소문이 퍼진 것이다.

'뭐, 어쩔 수 없지.'

현호는 빈자리 중 하나로 향했다.

"여기 앉아도 됩니까?"

사람들에게 물었지만 대답이 없었다.

그때였다.

"그 자리보다는 창가가 좋지 않나?"

현호에게 말을 걸어온 이는 하얀 머리에 은테 안경을 쓰고 누런 스웨터를 입고 있었다.

'법인세과 마영환?'

그는 세무사들에게 음료수 하나도 받지 않는다고 소문이 난 사람이었다.

현호도 일찌감치 그를 비리 라인 후보에서 제외했었다.

"이리 오게."

마영환은 현호에게 손짓했다. 그리로 다가가자 볕이 잘 드는 창가에 현호의 짐을 빼앗듯이 가져가 책상 위에 올려놨다.

"겨울이라 조금 춥긴 해도 나머지 계절은 이곳만 한 곳이 없지."

"감사합니다."

"오래 붙어 있으라고 하는 얘기야."

그가 현호의 어깨를 툭 두드리고 말했다.

그 손짓엔 힘이 느껴지고 경고성이 짙었다. 하지만 말투와는 달리 마영환은 미소를 보였다.

"누가 뭐라 해도 나는 말이야, 자네의 행동을 높이 사네."

"예?"

툭툭.

마영환은 더 얘기하지 않고 현호의 등을 두드린 다음 자신의 자리로 돌아갔다.

퇴근 때까지 현호는 법인세과가 돌아가는 것을 대충 눈여겨보며 시간을 때웠다. 부가가치세과에 있을 때와는 또 약간의 차이가 있었다. 아무래도 법인이라는 것이 개인과는 차이가 있게 마련이었다.

이도필의 비리 라인 중에 법인세과가 제일 많았던 이유도 그 때문이다. 누가 뭐래도 개인보다는 법인이 오가는 게 클 수밖에 없었으니까.

"퇴근들 하지."

마영환이 자리에서 일어났다. 그는 오석처럼 현호에게 일거리를 넘기지 않았다. 아니, 누구도 현호의 곁에 오지 않았다.

"자네도 가봐. 우리는 야근 안 해."

"아, 예."

그동안의 일도 끝났겠다, 오랜만에 정시 퇴근을 하려니 또 기분이 싱숭생숭했다.

현호는 재킷을 걸치고 밖을 나왔다.

"하……."

하얀 입김이 눈앞에서 서성인다. 어느덧 11월이 찾아왔고 이른 추위에 사람들의 옷차림도 두꺼워졌다.

"화, 황주혜?"

강남세무서를 나서던 현호가 걸음을 멈췄다. 정문에 있던 그녀가 그를 잡아먹을 듯이 노려보며 달려왔다.

"야, 야."

그 기세등등한 모습에 현호가 뒤로 주춤했지만 달려온 그녀는 주먹을 움켜쥐고 현호를 두드리기 시작했다.

"이 나쁜 자식아!"

현호는 그녀에게 장명준이 제안한 일을 얘기하지 않았다. 그리고 그녀는 혼자서 비리 라인을 캐러 나섰다가 장명준에게 혼이 났다. 현호가 움직이고 있는 것을 몰랐으니 또 얼마나 창피했을까.

"네가 어떻게 나한테 이래, 어? 이 나쁜 놈아!"

황주혜의 주먹은 늘 그렇듯이 단단했다. 그녀는 현호를 잡아먹을 기세였다.

"야, 그걸 어떻게 얘기해? 그러기에 누가 나서래?"

"넌 그게 문제야! 항상 혼자만 잘난 거, 이씨!"

더 이상 주먹을 맞다가는 죽을 것 같아서, 현호가 그녀의 팔을 움켜쥐었다.

"하… 하……."

씩씩거리는 그녀의 모습을 보고 있으니 피식 웃음이 새 나왔다.

"어이구, 그것 때문에 따지러 오신 거야?"

"이게!"

퍽.

"으아!"

정강이를 얻어맞은 현호가 껑충 뛰었다.

"죽어! 죽어!"

안 되겠다 싶어서 현호는 아예 그녀를 끌어안았다. 발버둥 치는 그녀를 진정시키려 등을 토닥였다.

"미안, 미안. 한 번만 봐줘라. 우리 동기잖아."

"하……."

그녀가 긴 숨을 내쉬었다. 그제야 현호는 픽 웃고 그녀에게서 떨어졌다. 물러나기 무섭게 그녀의 손이 현호의 머리를 퍽 내려쳤다.

"또 그러기만 해봐!"

"아, 진짜… 알았거든요? 잘. 못. 했습니다."

"술 사!"

"오늘?"

"그럼 내년에?"

"알았다."

어차피 한잔 당기는 밤이었다. 근데 현호는 갑자기 풋 하고 웃었다. 황주혜의 찌푸린 얼굴을 보자니 그 웃음이 더 커졌다.

"왜?"

말똥말똥한 그녀의 눈이 뭔가 불안하다.

"너 파마했냐?"

현호는 그녀를 빤히 바라봤다.

"어… 괜찮은가?"

"크크, 진짜 안 어울린다."

짝!

현호는 느닷없이 맞은 따귀에 어이가 없었다.

"아, 진짜! 너 정말 미쳤냐?"

"파마가 뭐? 내가 파마를 하든 말든 네가 뭔 상관이야?"

"아, 이 또라이 같은…….."

"꺼져! 꺼지라고! 하, 기가 막혀! 내가 파마를 하든 말든 지가 뭔데 지랄이야."

"안 어울린다고!"

"이씨!"

현호는 서둘러 도망쳤다. 그의 웃음소리가 어둠이 찾아온 세상에 가득 퍼져 갔다.

『세무사 차현호』 4권에 계속…

허담 新무협 판타지 소설

FANTASTIC ORIENTAL HEROES

신력을 타고났으나 그것은 축복이 아닌 저주였다.

『십자성 - 전왕의 검』

남과 다르기에 계속된 도망자의 삶.
거듭된 도망의 끝은 북방 이민족의 땅이었다.
야만자의 땅에서 적풍은 마침내 검을 드는데……!

"다시는 숨어 살지 않겠다!"

쫓기지 않고 군림하리라!
절대마지 십자성을 거느린
적풍의 압도적인 무림행이 시작된다!

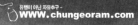

이계진입
리로디드

임경배 퓨전 판타지 소설
FUSION FANTASTIC STORY

『권왕전생』 임경배의 2015년 신작!

『이계진입 리로디드』

왕의 심장이 불타 사라질 때,
현세의 운명을 초월한 존재가 이 땅에 강림하리라!

폭군으로부터 이세계를 구원한 지구인 소년 성시한.
부와 명예, 아름다운 연인…
해피엔딩으로 이야기는 끝인 줄 알았건만
그 대가는 지구로의 무참한 추방이었다.
그리고 10년 후……

"내가 돌아왔다! 이 개자식들아!"

한 번 세상을 구한 영웅의 이계 '재'진입 이야기!

Book Publishing CHUNGEORAM

유행이 아닌 자유추구 -
WWW. chungeoram.com

철백 新무협 판타지 소설
FANTASTIC ORIENTAL HEROES

大武

대무사

피와 비명으로 얼룩진 정마대전의 종결.
그리고…

"오늘부로 혈영대는 해산한다."

혈영대주 이신.
혈영사신(血影死神)이라고 불리는 그가
장장 십오 년 만에 귀향길에 올랐다.

더 이상 전쟁의 영웅도, 사신도 아니다!

무사 중의 무사, 대무사 이신.
전 무림이 그의 행보를 주목한다!

Book Publishing CHUNGEORAM

유행이 아닌 자유추구 -
WWW.chungeoram.com